NARRATORI CORBACCIO

Carla Vistarini

SE HO PAURA PRENDIMI PER MANO

Romanzo

CORBACCIO

Per essere informato sulle novità
del Gruppo editoriale Mauri Spagnol visita:
www.illibraio.it
Il sito di chi ama i libri

Casa Editrice Corbaccio è un marchio di Garzanti libri S.r.l.
Gruppo editoriale Mauri Spagnol

www.corbaccio.it

ISBN 978-88-6380-803-2

Per Anna

1

«Fermi tutti!» disse una voce secca.

Lo vide. Era un tizio col passamontagna e un grosso rotolo nero sotto il braccio. Stava a gambe larghe sulla soglia del supermercato.

Qualcuno lo guardò distrattamente, altri lo ignorarono.

«Ehi!» insisté il tizio, battendo il piede a terra. Ma nessuno se lo filò. L'uomo rimase immobile.

Si sente solo, pensò Smilzo, oggi la gente ti può uccidere, con l'indifferenza. Ottanta per cento psicopatico, valutò, venti rapinatore.

Era in fila alla cassa già da qualche minuto e per passare il tempo studiava i carrelli degli altri, pieni di tonnellate di roba.

Quelle sì che sono famiglie felici. Gente che mangia a quattro palmenti, in compagnia, seduta in tavolate lunghissime, mentre si raccontano la giornata e sorridono. Nel mio carrello c'è la radiografia del nulla. Quattro mele, un pezzo di pane, uno yogurt. La solitudine si vede anche dal carrello.

All'improvviso una bambina alta mezzo metro gli assestò un calcio nello stinco e lo guardò con odio.

«Che stai facendo?» le chiese scioccamente.

«F-f-...ngulo» gli sputazzò da sotto la nana di tre anni massimo. Impugnava una clava di plastica rossa e aveva preso di mira il suo ginocchio.

Lui le piantò una mano sulla testa, per tenerla lontana da sé, ma quella continuava a spingere come un ariete inferocito.

Smilzo si guardò intorno, cercando di capire chi fossero i genitori. «Di chi è questa bambina?» chiese.

La domanda cadde nel vuoto. Nessuno rispose, nessuno ci fece caso. La musica in sottofondo si mischiava al rombo sordo del traffico che penetrava da fuori e agli scampanellii degli avvisi delle offerte. «Spinaci filanti a uno e settantacinque!... banane a uno e venticinque!... il bambino Marco aspetta il papà e la mamma presso i surgelati!»

La gente sarà pure felice ma si perde i figli. La bambina con la clava intanto era sparita tra la folla, e nessuno la cercava. Il bambino Marco è più amato della nana, si disse, e questa fila non va avanti, è bloccata.

«Fermi tutti!»

Rieccolo. Il tizio di prima si era risvegliato dal torpore, gli occhi allucinati incorniciati dal passamontagna.

Che si è messo in testa questo qui, la lana a maggio non è adatta, pensò Smilzo.

«Fermi, stronzi!» urlò l'uomo. Poi, visto che nessuno lo ascoltava, imbracciò il rotolo nero, tirò il grilletto e sparò.

Il boato fu assordante, una voragine di un metro di larghezza si aprì sul controsoffitto in cartongesso e una pioggia di calcinacci si abbatté sul ripiano mobile della cassa numero sette.

La musica in sottofondo continuava. *Every time you say goodbye*, un pezzo di Cole Porter che c'entra al supermercato, e quel rotolo nero in mano al tizio col passamontagna non è un rotolo ma un fucile a pompa. Peccato per il controsoffitto, chissà che lavorone per rifarlo. Cambiano anche le percentuali: ottanta rapinatore, venti psicopatico.

Le famiglie felici intanto si erano messe un po' sull'avviso, ma senza mollare i carrelli.

La cliente che aveva le sue cibarie sotterrate dai calcinacci sul nastro trasportatore della cassa sette, sbarrò gli occhi e balbettò: « È una rapina! Aiuto! È una rapina! », quindi si accasciò a faccia in giù sul proprio carrello.

Tutti si misero a urlare.

Il rapinatore sembrò esitare, frastornato dalle grida, si bilanciò sulle gambe, incerto sul da farsi, si spostò di qualche passo, poi tagliò corto e sparò un altro colpo verso il soffitto. Stavolta i calcinacci caddero sull'espositore della frutta fresca.

La gente cominciò a ondeggiare senza controllo. Una signora si gettò in ginocchio.

Sta pregando per la propria vita, pensò Smilzo.

« Mi è caduto il pollo! » esclamò invece la donna, mentre cercava la confezione ginocchioni.

La paura è una brutta bestia.

« Fermi o vi massacro uno per uno! » insistette il tizio, ma erano tutti troppo presi ad agitarsi per dargli retta.

E così partì il terzo botto, che centrò il banco del pesce. Volarono in aria pezzi di polistirolo, cubetti di ghiaccio, teste di spigola e brandelli di interiora.

Non è pratico di fucili a pompa, concluse Smilzo, spara a casaccio. Eccolo, il risultato della crisi: perdi il lavoro, arranchi per un po', ti arrangi come puoi, e quando hai finito le idee ti improvvisi rapinatore e combini un sacco di guai.

Però intanto tutti si erano immobilizzati. Non volava una mosca, mentre la musica di sottofondo cambiava in un pezzo lounge.

Non è il brano adatto per una persona sotto pressione come un rapinatore, pensò Smilzo, qui le cose si mettono male. E infatti l'uomo alzò la mira, sparò contro l'altoparlante e la musica cessò. Poi puntò l'arma alla testa della cassiera numero tre.

« Questa è una rapina » disse.

« Ve l'avevo detto... » biascicò la signora semisvenuta.

«Fuori i soldi!»

La ragazza alla cassa cominciò a piangere. L'uomo si innervosì ancora di più.

«Ti ammazzo!... apri quel cazzo di cassetto coi soldi!»

La cassiera continuava a piangere, incapace di muoversi. Riuscì solo a balbettare, fra i singhiozzi: «La cassa è chiusa, n-non mi ricordo come... come si fa per aprirla... c'è... c'è un co-dice...»

Gli occhi dell'uomo sbattevano come mosche impazzite. «Se non apri sfracello tutto!» urlò.

È strafatto, pensò Smilzo, qua bisogna fare qualcosa.

Cominciò a spostarsi impercettibilmente verso il rapinatore, consapevole dell'assoluta mancanza di un piano qualsiasi e della fine che avrebbe fatto una volta arrivato davanti a quel fucile a pompa: la stessa del pesce.

«Aspetta, prendi questi, la mia cassa è aperta», disse in quel momento una vocina. Chi aveva parlato era la cassiera seduta alla postazione numero sei.

Il rapinatore si voltò verso di lei. La biondina lo fissava coraggiosamente e intanto gli indicava i soldi del proprio incasso, ma la sua mano tremava.

«Tutti a terra!» ordinò l'uomo.

La gente obbedì all'istante. Si buttarono giù come sacchi di patate. I tonfi percorsero l'aria come lo stormire improvviso di fronde attraversate da un preannuncio di tempesta. In pochi secondi erano tutti stesi sul pavimento. Una massa di corpi appiattiti al suolo come i caduti alla Beresina.

Tutti, meno la nana di tre anni. La bambina era l'unica rimasta in piedi, e si guardava intorno stupita, dimentica della sua clava rossa. L'orizzonte ingombro di gambe, scarpe e borse a cui era abituata, era sparito all'improvviso, sostituito dallo spazio libero e da un tappeto di morti viventi stesi a terra. A bocca aperta osservò il mondo intorno a sé.

«Ehi tu, mettiti a cuccia!» le gracchiò l'uomo col passamontagna.

La bambina si voltò verso di lui, lo soppesò con lo sguardo un istante, seria. Poi, senza mollare la clava, si mise le manine a pugno sui fianchi, come una comare in miniatura, e sentenziò: «F-f-...ngulo».

Sa dire solo questo, pensò Smilzo, i genitori non la seguono bene nello sviluppo del linguaggio. E sembra così sola, adesso.

Fece cenno alla piccola di sedersi a terra.

Lei lo ignorò, ma in quello stesso momento parve ricordarsi qualcosa. Qualcosa di importante. Si guardò intorno, incerta. La clava di plastica rossa le scivolò giù. Lentamente gli occhi le si riempirono di lacrime, e il mento cominciò a tremare. «Mamma...» disse.

Il rapinatore afferrò il denaro dalla cassa numero sei e fuggì.

2

I lampeggianti della polizia coloravano di blu a intermittenza il buco nel controsoffitto. Si vedevano pendere dei fili elettrici, insieme al piccolo groviglio di carta che era stato un nido di topi.

La gente, sotto, vagava per le corsie del supermercato senza una ragione precisa, nel semplice tentativo di sentirsi ancora le gambe e la testa. Qualcuno stava aiutando qualcun altro a rialzarsi.

Smilzo cominciò a ripulirsi dalla polvere di calcinaccio che gli si era posata addosso. Con la coda dell'occhio vide un tipo che arraffava un pezzo di parmigiano dal bancone frigorifero e se lo metteva in tasca. Fanno presto a riprendersi dallo shock, pensò.

«Si sente bene?» gli domandò un poliziotto. Aveva un blocchetto e una penna in mano e sembrava gentile.

«Sì, grazie.»

«Ha un documento? È per la testimonianza.»

Smilzo non aveva più documenti da cinque anni almeno, sotto i ponti non servono più.

«No, mi dispiace.»

«Allora mi aspetti qua, continuo con gli altri e poi torno da lei per la deposizione.»

L'uomo si allontanò.

Smilzo non aveva nessuna voglia di rilasciare testimonianze, e nemmeno generalità. Da tempo aveva dimenticato come si chiamava nell'altra vita, quella in cui tutte le mattine entrava nello studio finanziario di cui era associato giovane, con l'aria da padrone del mondo. Per costruire la sua carriera ci erano voluti anni, per distruggerla solo un paio di mesi. E aveva lasciato pure qualche conto in sospeso.

Si avviò verso l'uscita del supermercato, voleva andarsene. Vide che intorno c'era ancora molta confusione, e lui contava proprio su quello per sparire, insalutato ospite.

« Lei dove va? » lo bloccò una voce alle sue spalle.

Si voltò, era un altro poliziotto, in borghese stavolta, ma si riconosceva al volo, forse per quei quarant'anni portati stancamente.

« Ho bisogno del bagno. »

« No. Adesso dobbiamo verificare l'identità di tutti. Purtroppo non può allontanarsi. »

Peccato, non aveva funzionato. Si appoggiò a uno scaffale aspettando l'occasione buona per filarsela.

I presenti continuavano a vagolare intorno senza destinazione. Se i loro piedi avessero potuto lasciare tracce colorate sul pavimento, un colore diverso per ogni cliente sperduto, intersecate fra loro secondo gli itinerari di ognuno, si sarebbe composto un dipinto niente male. Qualcosa alla Pollock, ma senza gli schizzi di vernice, solo con le orme.

Si sentì tirare per i pantaloni, dal basso. Era la bambina di prima, quella che gli aveva martellato il ginocchio con la clava. Adesso era disarmata e lo fissava seria, a viso in su, le sopracciglia sollevate nello sforzo di guardare in alto verso di lui, la testa leggermente incassata all'indietro fra le spalle minuscole e la manina aggrappata ai suoi calzoni.

« Che c'è? » le chiese.

Lei indicò qualcosa.

Ormai si erano rialzati tutti. O quasi tutti, perché nella direzione verso cui puntava la mano della bambina c'era ancora qualcuno steso a terra. Si vedeva una scarpa spuntare da dietro il bancone degli affettati.

Qualcuno che si è fatto male, pensò Smilzo, non ce la fa ad alzarsi, oppure è ancora sotto shock.

Si guardò intorno, in cerca di un poliziotto a cui rivolgersi, ma non c'era nessuno in vista. Quando ti servono non ci sono mai.

La bambina intanto continuava a tirare insistentemente da quella parte. Una tipa tosta, una che non mollava.

C'era poco rumore intorno, adesso: il sottofondo sordo del traffico dall'esterno, il parlottio sommesso dei clienti e dei poliziotti nelle altre corsie e il ronzio soffuso dei frigoriferi. La quiete dopo la tempesta, pensò, l'anticamera dell'apocalisse.

«Va bene» disse alla piccola, decidendo di andare a vedere.

Lei sollevò la manina, continuando a guardarlo dal basso con la sua espressione seria, e Smilzo capì che se non la prendeva per mano la situazione non si sarebbe sbloccata.

Si avviarono così verso gli affettati, lui alto un metro e novanta, piegato di lato per compensare il divario col metro scarso della bambina.

«Vediamo se quel signore ha bisogno di qualcosa» si trovò a dire. Questa bambina mi intimidisce, concluse.

La persona a terra non era un signore ma una signora, aveva gli occhi chiusi e non si muoveva. Dev'essere svenuta per la paura durante la rapina e non s'è ancora ripresa, pensò Smilzo.

La donna era giovane, forse sui trenta, i capelli biondi lunghi con un paio di ciuffi strani color melanzana che partivano dalla sommità della testa come un cimiero dall'elmo. Perché si fanno queste tinte assurde, si chiese, e queste pettinature incomprensibili. Più sono carine e più sembra che ci prendano gusto a imbruttirsi. Portava dei pantaloni di tipo militare, pieni di tasche, e una maglietta quattro volte la sua taglia, grigia. Un vecchio marsupio verde oliva spuntava da sotto la maglietta. Non stava andando a una festa, si disse Smilzo, sembra vestita per lo sbarco in Normandia.

Si chinò su di lei per aiutarla, le toccò una mano. Era morbida ma fredda. Troppo fredda.

Si ritrasse d'istinto, con uno scatto. La donna era morta. Morta senza speranza, qualcuno che c'era fino a poco prima e ora non c'era più. Fine.

Si guardò intorno. E adesso? No, non voleva restare intrappolato lì a rispondere alle domande della polizia, a passare le ore nelle stanzette dei commissariati dove ti interrogano fino alla morte anche se non sai nulla, fino a che non confessi di aver fatto qualsiasi cosa pur di andartene, e quello è il momento che ti sei fregato, perché diventi una cosa di loro proprietà e cominci a essere sballottato in giro come un sacco di immondizia, che non sanno dove buttare e alla fine scaricano in prigione. E poi c'erano i vecchi carichi pendenti. Solo reati finanziari certo, cosette amministrative, ma vaglielo a spiegare. No, no, io in quella macchina infernale non mi ci faccio incastrare più, mi dispiace ma mi defilo.

Si accorse che la bambina si era accoccolata a terra e accarezzava il volto della donna, stretta a lei, il visetto contro la sua spalla.

Sembra un fagottino di stracci, pensò Smilzo, e adesso io che faccio?

Si voltò per andarsene. Fece due passi, esitò, si fermò, poi scosse la testa e tornò indietro.

« Vieni con me, dobbiamo cercare qualcuno che ti possa aiutare. »

La bambina lo fissava con lo sguardo serio. « Fìdati », la incoraggiò, senza troppa convinzione.

Lei si fece prendere per mano e seguì Smilzo docilmente.

*

Il piano era di sparire dopo aver lasciato la bambina in bella vista davanti ai poliziotti, loro l'avrebbero presa in carico, avrebbero cercato il padre e sistemato tutta la faccenda.

Non sono affari miei, pensò Smilzo, io ero qui per caso, vivendo una mia giornata per caso, di un residuato di vita per caso. Per caso c'è stata una rapina e una donna è morta, guarda caso per caso.

E questa bambina è rimasta orfana, sempre per caso.

Io ero qui di passaggio, non c'entro niente, sono solo un povero barbone, che se la vedano loro.

Sbirciò da dietro il bancone dei detersivi e vide il poliziotto in borghese, quello stanco, che parlava con la cassiera coraggiosa. Erano le persone giuste. Il poliziotto sembrava abbastanza paterno e la ragazza era in gamba.

Smilzo si accoccolò sui talloni, in modo da avere gli occhi all'altezza di quelli della bambina. «Li vedi quei due signori?»

La piccola guardò il poliziotto e la cassiera attentamente, quindi si voltò verso di lui e fece sì con la testa, sgranando gli occhi a rafforzare l'idea.

«Bene. Adesso tu vai lì da loro. Okay?»

La bimba ci rifletté su un momento, passandosi il dorso della manina sulla bocca, in un gesto da grande.

«Tu vai da loro e dici che ti sei persa. Hai capito?»

Lei non sembrava convinta. Smilzo la prese per le spalle. Erano piccole come quelle di un passerotto, sentiva gli ossicini minuscoli sotto la stoffa della maglietta.

«È la cosa migliore, dammi retta» le disse, fissandola negli occhi con l'espressione più incoraggiante che riuscì a fingere.

Con una lieve pressione della mano, la spinse a muoversi verso il poliziotto.

La bambina lo guardò incerta e interrogativa. Lui la rassicurò con un sorriso. «Vai da loro, andrà tutto bene.»

Tutto bene cosa, deficiente che non sono altro. Dico «tutto bene» a una bambina nana di tre anni, forse meno, che ha la mamma morta dietro a un bancone del supermercato.

Sentiva la piccola resistenza della bimba, sotto il palmo della mano che la sospingeva.

A un tratto lei cedette, fece un sospiro, e poi prese ad allontanarsi. Camminava traballando, come fanno i bambini molto piccoli, in quel modo ondeggiante e maldestro che sembra dire: ho imparato da poco a camminare, da un momento all'altro casco, qualcuno è pronto a raccogliermi?

E così, mentre la guardava andarsene con quei passettini silenziosi, il minuscolo corpo rotondetto e infagottato, di colpo Smilzo sentì aprirsi un buco nero dentro di sé, una vertigine che provava a risucchiarlo all'indietro verso la sua oscura galassia dissestata dove tutto era spaventosa solitudine.

La piccola sembrò capirlo, si voltò verso di lui un attimo a guardarlo, gli fece un sorriso di intesa e ciao con la manina, e subito il mondo di Smilzo si riassestò sul suo asse.

Ciao, rispose lui con un gesto, poi, appena la bimba ebbe ripreso la sua goffa camminata verso il poliziotto, trovò la forza di dileguarsi.

Dileguarsi era una parola grossa.

Alle uscite del supermercato stazionavano alcuni poliziotti che impedivano a chiunque di andarsene o di entrare.

Doveva trovare un'alternativa, se voleva sparire e essere dimenticato.

Sapeva che le merci in un posto così entrano da ingressi di servizio e quindi si mosse alla ricerca di quelli.

Le corsie erano un dedalo da percorrere con cautela per non cadere in braccio al poliziotto stanco, ma contava anche sulla distrazione provocata dal ritrovamento della bambina per evitarlo.

Chissà chi era la donna morta, e chissà quando l'avrebbero trovata, ma non erano affari suoi, lui aveva già fatto tutto quello che poteva.

Dietro il bancone della macelleria, posto in fondo a tutto, c'era quello che cercava: una specie di sipario semirigido in spesso materiale plastico trasparente, tagliato a strisce verticali, fatto apposta per far entrare e uscire i quarti di bue, o almeno i tagli di bistecca e i serti di salsicce.

Si guardò intorno, nessuno nei paraggi. Con un guizzo si lanciò contro il pesante tendaggio e l'attraversò.

Dall'altra parte c'era quello che si era aspettato. Celle frigorifere. Un piano di marmo con alcuni coltellacci sopra, e un grembiule macchiato, lasciato di traverso su una sedia dal macellaio prima della fuga seguita agli spari. Nessuno in vista.

Sulla destra c'era una grande porta a doppia anta, il maniglione antipanico suggeriva chiaramente che quella era la strada giusta per svignarsela.

«Lei che fa qui?» lo gelò una voce alle spalle.

Ora mi prende un infarto, pensò Smilzo, voltandosi col cuore in gola dallo spavento. Un paramedico lo stava osservando. Doveva essere arrivato con qualche ambulanza.

«Io... io stavo lavorando quando ho sentito...»

«È ferito?» tagliò corto l'infermiere.

«No, sto bene.»

«C'è qualcun altro qui? Qualcuno che ha bisogno d'aiuto?»

«No, non credo...»

«Come si sente?»

«Non so, solo un po'... non so...»

«Niente, è lo shock, è normale. Venga di là che le do un calmante.»

L'uomo fece per uscire, Smilzo non riuscì a trattenersi e chiese: «Avete... avete trovato la...»

Il paramedico lo guardò. «Cosa?»

Non poteva dirgli della donna morta, lo avrebbero incastrato. Si sentì un ebete.

« La... gente... tutta la gente, i clienti... » farfugliò.

« Stanno tutti bene, non si preoccupi. Per fortuna non è successo niente di grave. »

In quel momento si sentì un urlo lacerante. « Aiuto! È morta! ... c'è una donna morta! »

L'infermiere si precipitò oltre il sipario di plastica e sparì. Smilzo si fiondò dalla parte opposta, verso il maniglione antipanico. Era proprio ora di volatilizzarsi.

La porta non dava sulla strada, come aveva sperato, ma su un lungo corridoio che si perdeva nell'oscurità, ricoperto di linoleum nero a bolle e illuminato malamente da strisce di neon gelido sul soffitto.

Adesso spuntano i mutanti dagli anfratti laterali e io non ho niente per difendermi, pensò.

Come si faceva a uscire da quel posto? Aveva perso un po' l'orientamento, ma gli sembrava che il corridoio corresse parallelo alla profondità del supermercato, quindi: A) si trattava di percorrere una distanza ignota verso chissà dove; e B) probabilmente l'ingresso merci sboccava proprio di fianco all'uscita principale, e quindi sotto gli occhi dei poliziotti di guardia.

Improvvisamente si sentì stanco, stanco di fuggire, di rintanarsi, di avere paura. Ma perché mi devo nascondere, si chiese, sono anni che mi seppellisco vivo. Ora vado di là, mi faccio intervistare dal poliziotto e poi me ne torno sotto i ponti alla mia splendida suite di cartone.

Si era quasi deciso, quando sentì un trambusto affannato alle sue spalle seguito da un rumore di passi concitati dalla macelleria.

Mi hanno trovato, pensò. È finita. Lo sapevo che sarebbe successo, prima o poi. Dopo tutto quello che ho combinato in vita mia era il minimo.

Si nascose dietro un armadietto di ferro, cercando di appiattirsi contro la parete come una sogliola, e chiuse gli occhi. Non voleva vedere.

Perché faccio queste cose idiote, si chiese, eppure ho una laurea in economia e anche il master in finanza al Mit, in quell'altra vita. Forse le faccio proprio per questo, se non avessi perso tempo coi numeri usandoli solo per accaparrare soldi oggi sarei un uomo rispettabile e sano di mente, in grado di prendere decisioni immediate e ragionevoli.

La porta si spalancò di colpo andando a sbattere contro la parete con un rumore sordo.

Eccoli, ora sono fatto e finito.

Riaprì gli occhi e sbirciò. Un uomo massiccio, in uno strano completo nero, da mimo o da forze d'assalto, comparve sulla soglia, si fermò un attimo a considerare la situazione e poi cominciò ad avanzare lungo il corridoio. Aveva un passo cadenzato, da atleta o da militare, dal ritmo pesante e implacabile.

È quello che ha ucciso la donna. È lui, lo so.

Il pensiero, rapido come un lampo, attraversò la mente di Smilzo, che si rincantucciò ancora di più dietro l'armadietto. Se sto accucciato, zitto e non respiro forse mi salvo. Lui passa, mi supera e se ne va.

L'uomo era quasi alla sua altezza, ormai. Poteva sentire l'odore che emanava, un misto di sudore e di morte calda. Ci siamo quasi, tra un secondo se n'è andato.

Ma a un tratto una vocina balbettò: « F-f...ngulo! »

No, non è possibile, pensò Smilzo. Che c'entra la nana adesso. Non l'avevo lasciata col poliziotto stanco e la cassiera coraggiosa, vicino a gente buona che si prende cura dei bambini?

Contro ogni istinto di sopravvivenza sporse la testa fuori dal nascondiglio, quel tanto che bastava a capire che cosa stesse succedendo.

L'uomo in nero reggeva la bambina con la mano sinistra, tenendola afferrata per la magliettina, come un gatto per la collottola. Dalla mano destra pendeva il marsupio della donna morta.

La piccola sobbalzava a ogni passo dell'uomo, mentre cercava di martellarlo con le manine strette a pugno, senza arrivare mai al bersaglio.

Chi è questo energumeno che si porta via la piccola indifesa, pensò furiosamente Smilzo. Non può essere il padre. È troppo cattivo. E poi ha ucciso la madre, di questo era sicuro, non sapeva perché lo sapeva, ma era un fatto inoppugnabile. Anche se non pochi matrimoni finiscono in un bagno di sangue, ragionò, e quindi potrebbe pure essere il marito, questo qui. Un raptus di gelosia, magari.

Ma che cosa ho in testa, la segatura?

Sapeva che doveva fare qualcosa subito, l'uomo era lì a un passo. Ma cosa cosa cosa?

D'istinto allungò la gamba di traverso.

Il rapitore la prese in pieno e precipitò a terra ruzzoloni, come un qualsiasi Buster Keaton nella scena madre delle comiche finali. Nel tentativo di controllare la caduta con ogni muscolo del corpo, mollò di colpo la bambina, che volò di lato. L'uomo intanto cercava goffamente di riprendere equilibrio. Ma dopo un paio di grotteschi sbandamenti accompagnati da un mulinare di braccia a vuoto, andò a sbattere con la testa rasata direttamente contro il muro.

Come fosse stato spento di botto da un telecomando, si accasciò piano piano, un fantoccio inanimato, mentre una scia di sangue restava spalmata lungo la parete dove la testa scivolava giù.

Alla fine rimase immobile, seduto goffamente a gambe aperte, la schiena appoggiata alla parete e la testa ciondoloni, sporca di sangue.

È svenuto? si chiese Smilzo. O è morto?

Santi numi dell'olimpo classico ho ammazzato qualcuno.

Poi l'uomo fece un verso strano. Smilzo rifiatò, non era morto, ancora. E io non sono un assassino. Ancora.

« F-f...ngulo » biascicò la bambina. Si era completamente dimenticato di lei.

La piccola era ancora lì a terra dove l'aveva scaraventata l'uomo poco prima, ma si stava rialzando di quel mezzo metro della sua altezza, appoggiandosi sulle mani. Sembra uno scimpanzé piccolo, si sorprese a considerare Smilzo, che sentiva di non essere più in grado di concentrarsi e fare qualcosa di sensato.

La bambina intanto riuscì a mettersi in piedi e subito partì in quarta, avviandosi traballando verso l'energumeno. Quando fu arrivata accanto a lui si chinò a osservarlo meglio, quindi allungò la manina verso la tasca dello strano giubbetto che l'uomo indossava.

« No, ferma, che fai! » riuscì a dire Smilzo. Ma la mano della bimba era già dentro un'altra tasca a frugare. « Smettila subito, adesso ti porto dal poliziotto e lì rimani, capito? » insisté Smilzo, cercando di darsi un tono.

Ma lei non gli dava retta e continuava a cercare chissà che, sul corpo dell'uomo.

Qui dobbiamo fare un po' d'ordine, pensò Smilzo, la giornata è stata pesante. Ma non ce la faceva proprio, aveva la testa vuota.

Lo scosse un rumore di passi e di voci dalla parte delle celle frigorifere. Erano suoni concitati, di parecchie persone che si agitavano e cercavano qualcosa.

Indovina un po' cosa? O chi, si disse stancamente. Non finirà mai.

« Senti piccola, io me ne devo proprio andare. Tu invece resti qui. Quelli di là sono sicuramente i poliziotti che cercano questo criminale, cioè i buoni che ti risolvono tutti i problemi. E mi dispiace per la tua mamma. »

Lei lo guardava seria e imbronciata, ormai si era capito che quella era l'espressione più amichevole che riuscisse a esibire.

Deve aver passato i guai suoi questa bambina, è sempre sulla difensiva, pensò Smilzo e si dette al contempo dell'idiota, non riusciva a risolversi ad andarsene.

«Non lo so perché questo mostro ti voleva portare via, ma io che c'entro? Ora tu vai da quella parte, io invece vado di qua, verso i fatti miei perché ho da fare. Tutto chiaro?»

Lei lo guardava con la faccia da 'vediamo se hai il coraggio di lasciarmi qui con questo orco svenuto e con quegli altri di là che non si sa chi sono ma non ci giurerei che sono i buoni'.

A un tratto cominciarono a sparare. Si sentì una serie di colpi e grida, in un attimo fu il caos acustico. Vetri infranti, urla, botti.

Smilzo scattò in piedi, improvvisamente lucidissimo. La bimba gli si strinse alla gamba, guardandolo da sotto con due occhi che non lasciavano scelta. Gli mostrava il marsupio che poco prima era nella mano dell'uomo.

Dopo un attimo di esitazione la prese in braccio e si avventò verso la salvezza.

3

Charles Brandt era in piedi davanti alla finestra, appena illuminato dalla poca luce che filtrava, schermata dal pesante tendaggio. Stava pensando a quanta gente stupida gira indisturbata sulla faccia della terra, rovinando i piani migliori, i progetti più accurati.

Era andato tutto storto e il disegno perfetto si era trasformato, in un solo istante, in un fallimento.

E così la donna era morta. E, soprattutto, la bambina era sparita.

L'imprevisto, l'imponderabile, il caso aveva fatto irruzione nel meccanismo a orologeria.

Scostò leggermente la tenda. Fuori, la città si spostava convulsa seguendo l'ingorgo continuo delle auto. Il viale era in quel momento un ammasso semovente di lamiere bloccate una contro l'altra, i motori roventi e impotenti. Un uomo uscì furioso dalla sua utilitaria e si mise a dare pugni sulla carrozzeria di un'altra macchina. Lotta fra miserabili.

Bussarono alla porta. «Avanti» disse Brandt riaccostando la tenda.

La segretaria entrò, in punta di piedi.

Si muove come se desiderasse di sparire, pensò Brandt, l'ha sempre fatto e sempre lo farà, perché appartiene alla massa informe e indistinguibile che brulica nel mondo.

«Avvocato, è arrivata la persona che stava aspettando» disse la donna a bassa voce.

Le fece cenno di far entrare. La segretaria sparì.

Dopo qualche istante, senza bussare, entrò il prete. Era in abiti civili, un semplice maglione girocollo blu e un paio di pantaloni neri.

Sembra un vecchio ragazzo, pensò l'avvocato, uno che in gioventù ne ha combinate di tutti i colori e poi, una bella mattina, ha deciso di farsi santo. Quanto avrà? Cinquanta, forse anche sessant'anni, ma se li porta bene, magro, con quei capelli grigi tagliati a caso, da ragazzetto rock che fa musica col computer e poi la carica su YouTube. E entra senza bussare, senza paura e senza pensieri. «Prego, si sieda, don Pietro» lo invitò.

Il prete si sedette di fronte alla scrivania e restò in attesa.

Charles Brandt sapeva che doveva stare attento a ogni parola. «Gradisce qualcosa?»

La stanza assorbiva i suoni, che, appena emessi, sembravano sparire risucchiati dalle pareti insonorizzate. L'aveva voluta così lui stesso, perché conosceva il valore del silenzio.

«Gradirei andarmene al più presto» disse il prete.

Quest'uomo ostenta tutta la scapestrata arroganza di chi si crede indenne dal peccato, pensò Brandt. Si sedette dietro la scrivania e prese qualcosa dal cassetto. «Conosce quest'uomo?» chiese, facendo scivolare una piccola fotografia attraverso il ripiano lucido.

Si trattava di un primo piano, forse una foto professionale, posata. Ritraeva un giovane uomo dall'aria sicura di sé, capelli corti e curati, volto intelligente, appena una punta di spavalderia nello sguardo.

Il prete guardò l'immagine per un istante, senza interesse, poi alzò gli occhi verso l'avvocato. «Perché?»

Perché altrimenti ti riduco in ripieno per salsicce, pensò l'avvocato Brandt, con un sorriso bonario e mansueto sul viso. «Perché ha bisogno di aiuto, e noi possiamo darglielo.»

«Chi ha bisogno di aiuto?» chiese il prete, con una traccia di fastidio nella voce.

L'avvocato pensò soddisfatto a quanto poco ci vuole per spaventare la gente.

Era bastato non specificare *chi* avesse bisogno d'aiuto e il prete si era sentito immediatamente minacciato, un bersaglio nel mirino.

«Ma il signore della foto, naturalmente» rispose Brandt, rassicurante.

«Di che aiuto stiamo parlando?»

«Di quello che occorre quando si è in pericolo di vita.»

Il prete si appoggiò allo schienale della sedia e incrociò le braccia. «Non capisco» disse.

Brandt si alzò, congiunse le mani dietro la schiena e prese a camminare lentamente, su e giù per la stanza. «Vede, *padre...*» sottolineò la parola, abbozzando un altro di quei sorrisi bonari, «il tizio della foto è un barbone che viene spesso a mangiare alla mensa della sua comunità.»

«Ah sì?»

«Sì, dovrebbe conoscerlo.»

«Viene tanta gente.»

«Ma quello ha una taglia sulla testa.»

«Ah sì?»

«Eh sì.»

L'ultima sillaba di ogni parola spariva senza il minimo strascico sonoro, inghiottita dall'ovatta della stanza. I due, al termine di ogni frase, restavano immersi nel nulla, come astronauti nello spazio profondo.

«Di quanto?» chiese il prete.

«Di quanto cosa?»

«Di quanto è la taglia.»

L'avvocato Brandt guardò verso la finestra, sollevato. Ora cominciavano a capirsi. «Faccia lei un'ipotesi.»

Il prete ci pensò su. «Un milione?»

Neanche tanto esoso, considerò l'avvocato. «Come ha fatto a indovinare?»

«Perché è esattamente la cifra che ci vuole per restaurare il vecchio dormitorio e ingrandire il refettorio comprando il laboratorio dismesso che c'è a fianco. E per risistemare i locali delle attività culturali, ovviamente.»

Vecchio pazzo, pensò Charles Brandt, sprecare i soldi in idiozie simili.

«Ottima idea» disse. Poi tornò a sedersi.

Aprì un altro cassetto e prese un libretto di assegni, lo mise sulla scrivania e vi poggiò di traverso la bella stilografica antica, nera e oro, che era appartenuta a suo nonno, il banchiere Ulrich Edgar Brandt.

Quindi si sporse attraverso il ripiano lucido, guardando il prete fisso negli occhi, e mise il dito sulla foto. «Allora, padre... come si chiama questo signore, e dove possiamo trovarlo?»

4

Il fornellino a gas era l'unica luce disponibile.

Sopra la debole fiammella azzurrina, un pentolino di fagioli si stava scaldando lentamente.

La bambina guardava il piccolo fuoco con occhi attenti. Era seduta su una cassetta di plastica e sembrava una vecchietta stanca.

Smilzo sentiva il rombo del traffico sopra il ponte che li proteggeva dalla pioggia lieve che stava cadendo, ma soprattutto dal buio della notte.

È una sera di quasi estate e la gente normale va in giro, nei locali, a ballare, a mangiare una pizza, a trovare le persone care, ad ascoltare musica, pensava. Tutte cose che aveva fatto anche lui, una vita fa. Ma non ne sentiva la mancanza. Almeno fino a quel pomeriggio.

«Gu...» disse la bambina, e indicò col dito il fuoco sotto il pentolino. «Gu...» ripeté, guardando Smilzo.

«Come ti chiami?» domandò lui. Era l'ennesima volta che provava a chiederle il nome. Lei lo fissò seria, senza dire più nulla.

«Chi era il tipo che ti stava portando via?» La bambina fece spallucce, come un adulto.

Capisce tutto, pensò Smilzo, e io sono preoccupatissimo. Il tracollo della mia vita è niente di fronte alla responsabilità di questa bambina.

La piccola non aveva documenti, né altre cose che potessero aiutare a risalire alla sua identità, così da trovare la sua famiglia. E poi che famiglia se la mamma è morta, si disse. Ma almeno avrà dei nonni, dei fratelli, un padre, insomma qualcuno. Nessuno è completamente solo al mondo.

Nessuno meno io. E lei. Ma io che faccio adesso? Vado dai carabinieri e dico, scusate ho trovato questa bimba dietro l'angolo, la tenete voi per favore? E quelli mi cominciano a interrogare: quale angolo, chi è lei, chi non è, cosa fa per vivere, come mai questa bambina è con lei, l'ha sequestrata?

No, niente carabinieri, né polizia. Piuttosto la lascio sui gradini di una chiesa così il parroco la trova e se ne occupa. Un prete buono, alla don Camillo o alla Marcellino pane e vino. Hanno scritto fiumi di romanzi su bambini abbandonati davanti alle chiese e allevati dai frati per poi scoprire che si trattava nientedimeno che di principi e principesse.

La bambina fece un rutto e sbrodolò qualcosa sul mento.

Non è principessa, concluse Smilzo. Ma non fa niente, i bambini si accolgono tutti, senza distinzioni: *Sinite parvulos venire ad me*. Quindi vada per il sagrato. Però devo lasciarcela in un momento in cui non c'è nessuno altrimenti mi fermano e mi portano dai carabinieri dove ricomincia la tiritera. E se però, quando la lascio sul sagrato, tutta sola, invece del parroco arriva un malintenzionato, un ladro di bambini, un... un... non voglio neanche pensarci. No, niente da fare.

La piccola lo guardava fisso. Mi legge nel pensiero, si disse Smilzo.

Lei fece un mezzo sorriso abbassando gli occhi e prese a strusciare per terra con la punta del piede, distrattamente. Il ritratto dell'innocenza.

Sembra leggermi nel pensiero, si rassicurò Smilzo, riprendendo i suoi piani.

Metto un annuncio sul giornale, quello che danno gratis alla fermata della metro. «Cercasi papà bambina smarrita in supermercato rapinato giorno 8 corrente mese ore 17 e 30 circa.» E poi chi lo stabilisce che quelli che si presentano non sono delinquenti, ladri di bambini, eccetera? Devo essere proprio scemo, la lontananza dal mondo per tutti questi anni mi ha reso un alieno.

Come faccio a uscire da questa situazione, si disperò.

«Gu...» disse in quel momento la bambina, indicando la luna. Poi puntò l'indice verso il piccolo fuoco e cambiò vocale: «Ghe...»

Smilzo la guardò rassegnato, non la capiva. «Che vuoi dire?» chiese stancamente.

La bambina si guardò le manine, ci pensò su qualche istante e poi fece un gran sospiro. Infine cominciò a parlare.

Chiacchierò per cinque minuti buoni. Fu un discorso macinato fra suoni e sillabe sfuse, intervallato da occasionali sputi e sospiri per riprendere fiato, senza una parola compiuta. Eppure sembrava che il tutto avesse un senso, a capire quale. Alla fine lei tacque e lo fissò, seria, gli occhi appena sgranati dalla fatica, in attesa di una risposta.

«Non si è capito niente» disse Smilzo, senza pietà. Poi prese il pentolino dal fuoco e versò un po' di fagioli in un piattino sbreccato che faceva parte del servizio per uno di cui disponeva. Lo porse alla bambina insieme a un cucchiaio. «Adesso mangia.»

La piccola prese il piatto con le due manine e con cautela se lo appoggiò sulle ginocchia. Poi afferrò il cucchiaio e cominciò a mangiare.

Impugnava la posata come un'arma, ma nell'insieme se la cavava molto meglio che con le parole. Riempiva il cucchiaio con un bel po' di fagioli e lo portava lentamente alla bocca, che teneva spalancata come un hangar in attesa dell'aeroplano. Poi si metteva a masticare, fissando Smilzo, e perdendo pezzi di fagioli che le restavano appiccicati intorno alla bocca.

È piccola e ha passato dei momenti tremendi, si capisce dal fatto che è così paziente, pronta a ogni avversità, però io che c'entro, pensò lui. Questo è il momento di fare il discorsetto. Sta mangiando, è soddisfatta, e nello stesso tempo è distratta e non mi interromperà coi suoi fonemi senza senso.

Si schiarì la voce. «Io non ti posso tenere. Non è che non mi piacerebbe, sei una bambina splendida, anche molto intelligente, a parte il parlare, ma lì puoi migliorare, stai tranquilla che recuperi. Il fatto è che non ho una casa adatta... Non saprei dove ospitarti. Come vedi siamo sotto i ponti, non ci sono servizi igienici, c'è anche umidità. Io non sono stato sempre in queste condizioni, una volta ero un brillante professionista nel campo della finanza. Sì lo so che sembra assurdo, ma è così. Era pochi anni fa, ma sembrano secoli.»

La bambina continuava a masticare, senza smettere di ascoltarlo attentamente.

«Curavo i portafogli di gente coi soldi veri... Operazioni internazionali, diciamo pure equilibrismi bancari, anzi, veri e propri giochi di prestigio. Hai presente il giocoliere con le tre palle? Le fa girare e poi, senza smettere, ne prende un'altra e tutto gira più vorticosamente e poi ne prende un'altra, e un'altra e tutto va alla velocità della luce, non si vede più niente, non si capisce più niente, finché bum, un rumore di cose rotte e la girandola è finita. E le palle sono a terra, sia metaforicamente che letteralmente.»

La bambina gli porse il piatto vuoto. Ne voleva ancora.

«E infatti sei tracagnotta» commentò Smilzo. Comunque la servì. Ora nel pentolino non c'era più niente. Va bene, lui avrebbe saltato la cena. «...E poi tu un domani dovrai andare a scuola, ci vogliono dei documenti, io non ne ho da un sacco di tempo... ma che sto dicendo.»

La bambina aveva ripreso tranquilla a mangiare, e ad ascoltare.

Smilzo riprese. «Dunque, riepilogando: per la tua situazione ho valutato diverse ipotesi, i carabinieri, il parroco, gli annunci sul giornale. Siamo un po' sotto il cento per cento del raggiungimento dell'obiettivo. Diciamo anche un filo sotto il settanta barra ottanta.»

Lei sollevò le sopracciglia, in un'espressione interrogativa.

«Sotto il venti, in realtà» ammise lui. Poi si schiarì la voce. «Tu hai qualche idea?»

5

Don Pietro si accorse di essere seguito mentre attraversava il ponte tra piazza Cavour e l'Ara Pacis.

Era il tramonto e una luce rosata illuminava il profilo delle case, dei monumenti. Si era fermato un attimo a guardare l'acqua del fiume scorrere e i gabbiani che gracchiavano contro gli altri uccelli per cacciarli via. Erano diventati i padroni della città.

In quell'attimo l'uomo che lo pedinava aveva tentato di nascondersi dietro l'enorme tronco di uno dei platani che costeggiava il lungotevere.

Con la coda dell'occhio don Pietro aveva colto quella sciocca mossa troppo furtiva. Aveva fatto finta di niente, continuando a osservare Castel Sant'Angelo e la cupola di San Pietro.

E adesso questo chi lo mandava? Era abituato ad avere a che fare con tipi strani ma poteva dire che non era mai successo niente di veramente grave, considerato che portava avanti una comunità per senzatetto e varia umanità. Sì, sparivano asciugamani, lenzuola, scarpe e anche un quadretto della Madonna di Loreto, una volta. Ma niente di più. Un'altra volta avevano rubato la cassettina delle elemosine, questo sì un peccato mortale, ma si era trattato di un fatto isolato e mai più ripetuto. Quando i ladri si erano accorti che dentro c'erano poche monete, non erano più tornati. Non potevano immaginare che lui, quella cassetta, la teneva in bella vista come specchietto per le allodole. La cassetta vera se ne stava al sicuro dietro il sifone della cucina del refettorio. Così si era sparsa la voce che quella era una comunità di morti di fame e i ladri che, si sa, non hanno tempo da perdere, giravano al largo.

Non gli piaceva fare il furbo in quel modo con i suoi ospiti, ma don Pietro doveva portare avanti la sua missione e certi piccoli trucchi aiutano a perseguire il grande disegno.

Chi gli chiedeva asilo si divideva in due grandi categorie: i poveri veri e i poveri finti. I primi venivano da lui per un piatto di minestra, una parola buona, e, a esaurimento posti, in cerca di un ricovero per la notte. I secondi venivano per rubare la cassetta delle elemosine. Punto e basta.

Anche poco prima, nello studio dell'avvocato, era stato costretto a fare il furbo.

Aveva riconosciuto subito il giovane uomo della foto, anche se lì era tutto pettinato, incravattato e spavaldo, molto diverso dal barbone un po' curvo sulle spalle, dai capelli impastati di sporco e lo sguardo basso, che veniva a mangiare alla sua mensa, di tanto in tanto.

Non sapeva perché quel riccastro di avvocato, in quello studio monumentale, fosse interessato al suo senzatetto. In quella frazione di secondo le aveva pensate tutte. Che il giovane avesse ereditato una fortuna da qualche zio d'America di cui l'avvocato era il legale, quindi la ricerca era legittima e a fin di bene. Ovvero che avesse pestato i piedi a qualche pezzo grosso che lo cercava per un chiarimento. Nel dubbio, aveva preso tempo, dicendo che non sapeva chi fosse quel tipo. Era un irregolare che capitava alla mensa di tanto in tanto, potevano passare anche mesi tra una visita e l'altra. Cosa che poi in fondo corrispondeva a verità sacrosanta.

Non sapeva dove vivesse, cosa un po' meno vera, perché una mezza idea di quale ponte bazzicasse gli era venuta. Ma, soprattutto, quell'avvocato falso come giuda gli aveva fatto subito antipatia e sospetto. Ricambiati entrambi, questo l'aveva capito dal sorriso mellifluo, ma rigido, del legale. L'idea del milione era stata geniale, quello ci aveva creduto. Nel suo mondo tutto si comprava e si vendeva, specialmente le persone. Bastava capire quale fosse il prezzo degli altri.

L'uomo della foto veniva alla mensa di rado, e sembrava vergognarsi di esistere. Stava sempre a testa bassa e non parlava con nessuno. Ma don Pietro conosceva tutte le sue pecorelle, una per una, e lo aveva inquadrato.

«Come ti chiami?» gli aveva chiesto una volta. Il giovane era seduto con gli altri alla tavolata del refettorio, c'era un frastuono di posate, bicchieri e chiacchiere nella grande sala comune, e non aveva risposto. Forse non aveva sentito. O forse non aveva voluto sentire. Il prete si era chinato e aveva ripetuto la domanda: «Come ti chiami, fratello?»

L'altro era rimasto ancora in silenzio per un istante, poi aveva detto: «Smilzo».

Certo, come no, e io sono Saulo di Tarso, aveva pensato don Pietro, mentre gli diceva: «Buon appetito, Smilzo».

«Grazie» aveva risposto l'uomo, e da quel giorno era rimasto Smilzo.

In quel momento il pedinatore dietro il platano sporse appena la testa, don Pietro scorse il rapido apparire e scomparire dei suoi stupidi occhi.

E va bene, tu vuoi la guerra, pensò. E io te la do.

Gettato un ultimo sguardo alla magnificenza delle cupole in lontananza e fatto un bel respiro dei miasmi putridi che salivano dal Tevere insieme a una fastidiosa umidità incipiente, don Pietro si staccò dalla bianca balaustra e riprese a camminare verso l'altra parte del ponte.

Lo seminò in cinque minuti.

6

«Cacca» disse la bambina.

«No, cara, ti arrangi da sola.»

Smilzo era esausto. Aveva deciso di risolvere tutto l'indomani, adesso era notte e la notte, come si sa, porta consiglio.

Domani mi sveglio con la soluzione di tutto, consegno la bambina a chi di dovere e torno alla mia vita, pensò.

Avrebbe dovuto sentirsi sollevato a quell'idea e invece prese a girare i pollici, cosa che faceva quando era in ansia.

«Ca-cca» ripeté la piccola.

«Non ne voglio sapere niente. Vai dietro quel copertone vecchio laggiù, lo vedi? E la fai.»

La bambina batté il piede per terra e corrucciò la fronte.

Non cedere, si disse Smilzo. Non sei capace, non hai mai avuto a che fare coi bambini, specialmente quelli piccoli. La sua cacca non è un problema tuo.

La bambina intanto aveva smesso di protestare e armeggiava coi vestiti. Era infagottata in strati di golfetti, gonnelline, mutandine, mutandoni e pannoloni. Chi l'aveva vestita non aveva fatto i conti con i bisogni corporali.

A un tratto la bambina smise di agitarsi, spalancò gli occhi, stupita, e rimase immobile a guardarlo.

«Che è successo?» le chiese, preoccupato.

Lei cominciò a tremare, mentre i lati della bocca le scendevano giù e un velo di lacrime le saliva agli occhi.

«Va bene, dài, ti accompagno.»

La bambina fece no, con la testa. Si vergogna, pensò Smilzo, e così cercò di assicurarla. «Io mi giro dall'altra parte, così non vedo niente e tu non ti imbarazzi.»

In quell'istante la bambina cominciò a battere i piedi dalla rabbia.

«Però che caratteraccio...» Smilzo provò a prenderla per mano e a guidarla, ma la piccola lo respinse, serrò la bocca e lo guardò con odio, come la prima volta che l'aveva visto.

Smilzo capì. «Te la sei fatta addosso.»

Era stato alla seconda bottiglia della sua preziosa riserva di acqua minerale che si era accorto del tatuaggio.

Questa bambina puzza come l'inferno, stava rimuginando fra sé, mentre cercava di non respirare e di fare presto a ripulire. Che cosa hanno in corpo questi bambini, si domandava, mentre allungava il collo all'indietro, il più lontano possibile da lei, tanto all'indietro che avrebbe anche potuto non vedere i piccoli segni che erano impressi sulla sua indifesa pelle bianca.

All'inizio aveva pensato a sporco vecchio e aveva provato a strofinare per pulire anche quello, ma si era reso conto subito che non andavano via.

Erano lettere. Aveva guardato meglio e non c'erano dubbi, la bambina aveva una sequenza di lettere tatuata sul fianco sinistro.

La scritta diceva: D.ERFXKO GRAD.

L'aveva asciugata e rivestita, confezionando una specie di pannolone con una maglietta pulita che teneva di riserva. Poi l'aveva sistemata nella cassetta di frutta, imbottita col suo giaccone invernale, e adesso stava dormendo, pacifica.

Lui invece era sconvolto dalla scoperta. Una bambina tatuata.

Una bambina di tre anni sì e no, ancora incapace di parlare, indifesa e sola al mondo, e qualcuno l'aveva tatuata. Chi aveva potuto mai fare una cosa del genere? E perché?

Fermati, rifletti, si disse. Magari c'è una spiegazione buona, magari è un codice, il numero di telefono criptato di casa sua. Magari i genitori sono gente che si preoccupa che la bambina possa perdersi per strada e si premuniscono così. Più tardi provo a decifrare il messaggio, trovo il numero e domani chiamo, mi risponde il padre e così abbiamo risolto tutto e io esco fuori da questa vicenda assurda in cui sono precipitato. Ma che genitori sono quelli che marchiano il recapito telefonico criptato sulla pelle della propria bambina? Roba da ergastolo. E pure da manicomio.

E poi che codice è?

Guardò di nuovo il foglietto dove se l'era segnato: D.ERFXKO GRAD. Ero bravo con queste cose da ragazzino, se mi applico ce la faccio.

Di punto E Erre... È sicuramente un legame con la vita della bambina. Certo che è un legame con la vita della bambina, idiota che non sono altro, cosa dovrebbe essere, un legame con la fanfara dei bersaglieri? Cercò di concentrarsi. Forse è una data di nascita mascherata. Forse le lettere stanno per dei numeri. Ma vai a capire qual è la chiave per decriptare.

Dopo un po' le lettere cominciarono a ballargli sotto gli occhi.

Sono un incapace, concluse. Uno che ha toccato il cielo con un dito, secoli fa, convinto di saperne una più del diavolo, di essere furbo. E invece eccomi, un miserabile barbone che vive sotto i ponti e si ritrova una bambina tatuata a carico senza riuscire a individuare una via d'uscita da questa situazione.

7

Era rimasto solo.

Gli assistenti, la segretaria, il fattorino, erano andati tutti via.

È ora che me ne vada anch'io, pensò Charles Brandt.

L'enorme studio era silenzioso e freddo, un paio di schermi di computer lasciati accesi brillavano nella sala riunioni.

La stanchezza lo prendeva alle spalle, un parassita enorme e inamovibile che gli pesava addosso senza pietà.

Eppure non sono vecchio, si disse, non ho nemmeno cinquant'anni, ma la malattia mi uccide.

Percorse lentamente il lungo corridoio che odorava di cera e garbata opulenza. Il pavimento di marmo era coperto da una guida rossa che attutiva i passi, mentre le pareti erano avorio. Un solo quadro, grande, occupava l'intera parete fra due porte, una scena di battaglia, tardo Ottocento. Tutto è guerra, pensò, passandoci davanti. Non c'è pietà per i vinti, né redenzione per i vincitori, ma solo macerie e sopraffazione. *Mors tua vita mea*, che orribile e sacrosanta verità.

Era sempre stato il vincitore, lui. Legioni di deboli erano state cancellate al suo passaggio con uno schioccare di dita. Dita immacolate, perché i vincitori non si sporcano le mani col sangue dei vinti. Quelle sono occupazioni per i sottoposti. Nel tempo, aveva conquistato sempre più potere, denaro, prestigio, accumulato ricchezze invisibili al mondo, e mantenuto il basso profilo di cui solo chi conta davvero sa ammantarsi.

E a un tratto, un nemico silenzioso aveva cominciato a farsi strada dentro di lui, abbattendo ogni difesa, erodendo le forze, consumando la vita stessa.

Spense le luci e si chiuse alle spalle la porta dello studio. La pesante anta di lucido legno antico si accostò e si sigillò all'altra con uno schiocco leggero ma potente, segnale di una solidità pensata in altri tempi per i pochi eletti di una classe sociale che poteva permettersi di sedere alla tavola degli dei dell'unico, vero olimpo terreno: i soldi.

In strada l'aspettava l'autista, con la portiera dell'auto aperta. Salì in macchina e si avviarono, senza una parola.

8

Il buio della notte era appena intaccato dagli aloni giallastri dei lampioni aggrappati ai bastioni di contenimento. Lampioni antichi, in ferro battuto, belli ma quasi inutili, troppo distanti uno dall'altro, custodi di incertezza e oscurità.

Don Pietro scese le scale senza fare rumore.

L'antica pietra bianca era imbrattata di lordure e scritte spray inneggianti incomprensibili divinità criptate. Muschi inariditi si arricciavano lungo le giunture dei lastroni attutendo il rumore dei suoi passi.

Alla base della rampa si fermò. Quello era il posto.

Il fiume si sentiva scorrere, ma restava invisibile.

La banchina si perdeva nell'oscurità, mentre a un centinaio di metri davanti a lui, le arcate del ponte sembravano sospese nel buio della notte, illuminate a festa da fari sistemati lungo il parapetto da qualche genio dell'assessorato all'urbanistica e spiccavano come le luci di un treno notturno semivuoto, arenato su un binario morto. Una sì e tre no.

I fari si fulminano e nessuno li aggiusta, pensò don Pietro. Si fanno le cose e poi si lasciano marcire, senza cura né attenzione. *Roma Caput Mundi*. Di quale mondo?

Basta, adesso doveva solo trovare il barbone.

Prese a muoversi in direzione del ponte, con prudenza. Cercava di mettere i piedi uno davanti all'altro senza scivolare sul fango, evitando i cumuli di foglie marce disseminati lungo la banchina. Stava attento a ogni passo, non voleva finire annegato nel fiume.

9

Il telefono squillò in piena notte.

Smilzo era riuscito ad appisolarsi, appoggiando la schiena contro la pietra dell'argine, la mano destra stretta al bordo della cassetta della frutta dove dormiva la bambina, la sinistra chiusa attorno all'unica arma rimediata tra i suoi pochi averi: un forchettone di alluminio che aveva trovato dentro un cassonetto mesi prima. Se fosse arrivato qualche poco di buono sarebbe dovuto passare sul suo cadavere prima di arrivare alla piccola. E comunque non ci sarebbe arrivato mai perché Smilzo era pronto a tutto.

Lo squillo era sordo, fastidioso, unito a una specie di ronzio crescente.

Che succede? si chiese, a un tratto sveglio. È Veronica che mi chiama per dirmi che mi sono dimenticato dell'appuntamento dai Rinaldi del Pero.

No, che c'entra Veronica, mi ha piantato un secolo fa al primo accenno di difficoltà economiche. Strano, gli veniva in mente la pettinatura tutta finta naturale, finta spettinata, finta casuale della sua antica fidanzata, ma non il viso. Che viso aveva Veronica, quella tipa che avrebbe dovuto sposare se solo non fosse tracollato giù all'inferno dei falliti? Colei che lo trasportava in giro come si porta una ventiquattrore, necessaria ma noiosa, per feste, eventi, vernissage e inaugurazioni varie di installazioni artistiche che consistevano in sedie appese al soffitto con la catena dello sciacquone o mezze bottiglie di acqua minerale che fuoriuscivano sghembe da una parete. La stessa tizia che al momento del *redde rationem* sui derivati, *futures* e *private equity*, stava scegliendo le loro partecipazioni di nozze nel salottino privé della Cartiera Della Rocca, la stessa che doveva aver stampato quelle di Lorenzo il Magnifico e dell'Emiro del Qatar, dal prezzo che chiedevano. Non è meglio un loft a Tribeca, tesoro, le aveva chiesto lui alla vista della fattura, scherzando ma neanche tanto. Veronica lo aveva guardato con quei suoi occhi color... color... di che colore erano? Un misto tra color Gelo Artico e Forse Ci Ripenso. E infatti era andata così, ci aveva ripensato, lasciandolo al primo accenno di difficoltà. Be' magari non proprio al primo, diciamo nell'aula del tribunale, quando l'accusa si era trasformata in sentenza. Di colpevolezza. Ed era da allora che lui si mimetizzava con la pietra dei ponti.

Lo squillo del telefono continuava.

Ma quale telefono? Sotto i ponti non esistono telefoni, e lui non aveva un tetto figuriamoci un cellulare.

La bambina intanto dormiva paciosa.

Smilzo si alzò, sentendo scrocchiare quelle cartilagini spurie che ancora lo sostenevano e cercò di capire da dove venisse il suono. Lo seguì come un cane segue la pista di una quaglia, a collo teso in avanti, pronto a captare la direzione giusta. Era lì vicino. Vicinissimo.

Era nella cassetta dove dormiva la bambina.

Provò a tastare, cautamente per non svegliarla, intorno ai bordi. Poi passò la mano sotto il suo giaccone ripiegato che fungeva da materassino e sentì la vibrazione.

Il telefono era lì, sotto il corpicino della bambina. E chi ce l'aveva messo? E soprattutto: di chi era?

Strinse le dita cercando di afferrare l'oggetto, che non era il telefono, ma qualcosa che lo conteneva. Niente, colpo a vuoto. Riprovò. Gli sembrava di avere, al posto della mano, quella specie di pinza a polpo per la pesca miracolosa al luna park, quella che manovri dall'esterno e nove su dieci vai a ramengo e alla decima acchiappi il pupazzetto per la punta dell'orecchio e mentre lo tiri su quello ti casca e buonanotte ai suonatori.

Finalmente lo afferrò. Piano piano tirò a sé l'oggetto, cercando di non perderlo. Eccolo. Un affaretto di stoffa pieno di zip e automatici a scatto. Un marsupio.

Gli si aprì davanti agli occhi la scena del supermercato, la donna morta a terra, il marsupio stretto attorno alla vita, l'uomo che teneva la bambina con una mano e con l'altra...

Smilzo se ne era completamente dimenticato dopo la fuga, e adesso eccolo qui. Ma come era finito là sotto?

Doveva essere stata lei. La bambina aveva nascosto il marsupio della mamma sotto di sé. Per sentirla vicina, per proteggere quell'ultimo ricordo.

Lo squillo continuava, e anche la vibrazione, che comunicava alle sue dita un senso di incertezza, un tremolio di pericolo incombente.

Si allontanò di qualche metro per non svegliare la piccola, e fece scorrere la chiusura lampo. Dentro, lo schermo luminoso del cellulare sembrava guardarlo, con la scritta « chiamata sconosciuta ».

Scrutò intorno, a disagio, si sentiva allo scoperto. Nell'oscurità notturna quella piccola luce era come il centro di un bersaglio al poligono di tiro.

Chi era a chiamare? Poteva essere il padre. E se invece era uno di quelli che sparavano? Che doveva fare?

Rispondi, idiota, si disse. In quel momento il telefono tacque. Il piccolo schermo rimase acceso ancora qualche istante e poi si spense.

Di nuovo silenzio. O meglio, i soliti quieti tramestii di una banchina dell'argine di un grande fiume, sotto il ponte barocco di una vecchia città addormentata: fruscii di foglie, il furtivo e invisibile transito di qualche creatura della notte, il costante, leggero scorrere dell'acqua a pochi passi. Niente di strano, niente di diverso dal solito. Eppure...

Eppure c'era qualcosa. E a un tratto lo sentì distintamente, un piccolo rumore diverso dagli altri, diverso da tutto: stonato. Lo scricchiolio di un rametto spezzato, forse schiacciato. Qualcuno si stava avvicinando, nel buio. E lo stava facendo di nascosto.

Senza riflettere, col cuore in gola, afferrò la bambina addormentata, se la strinse al petto e cominciò a correre.

Gli mancava l'aria.

Adesso muoio strangolato, pensò, che brutta fine. E senza aver risolto nulla. Le braccine della bambina gli si avviluppavano al collo come tentacoli.

Ha paura e si aggrappa, si disse, ma intanto mi sta ammazzando.

Considerò l'idea di fermarsi a riprendere fiato. Aveva corso come un matto lungo la banchina, oltrepassando due ponti e uno degli attracchi per le chiatte fluviali. Conosceva quei posti a menadito e sapeva di aver seminato l'inseguitore quasi subito. Per sicurezza però aveva messo un bel po' di strada in mezzo.

Rallentò l'andatura fino a fermarsi. Doveva riprendere fiato.

Ora metto la nana a terra e poi troviamo un posto per arrivare all'alba, domattina vedremo.

Cercò di allentare la stretta della bimba attorno al collo, e in quel momento si sentì lo sparo. Una raffica di schegge di travertino si sollevò da terra a mezzo metro dai suoi piedi.

Mi sparano addosso, riuscì a realizzare, mentre lo stomaco gli si attorcigliava. Poi arrivò il secondo sparo, che frantumò un altro lastrone, un po' più vicino.

Sàlvati la vita, gli sussurrò la notte, all'orecchio.

Ricominciò a correre come un disperato.

10

Don Pietro restò immobile.

L'uomo era davanti a lui, ignaro della sua presenza. Ne vedeva il profilo contro la debole luce dei lampioni. Aveva la pistola puntata e stava prendendo di nuovo la mira.

Il primo sparo era andato a vuoto, ma il secondo poteva andare a segno. Il tipo non era un dilettante, si capiva dalla calma determinata che emanava il suo lento concentrarsi sull'obiettivo. Non c'era tempo per pensare, doveva fermarlo. Ma come?

Don Pietro si guardò intorno. La poca luce rendeva tutto più difficile. Minacciose sacche di oscurità assediavano fioche zone di chiarore nebuloso. Al limite di una di quelle sacche di buio scorse un cumulo di relitti trasportati dal fiume e arenati sulla banchina per la magra. Sporcizia e rifiuti accatastati dalla corrente e dimenticati dalla siccità. Un ramo contorto spuntava tra gli stracci, i sacchetti di plastica e una sedia sfondata.

Lo afferrò e lo impugnò. Non era una mazza da baseball né una spada da samurai, ma poteva funzionare.

In quel momento sentì il secondo sparo.

Don Pietro si girò e cominciò a vivere al rallentatore. Si contrasse come un mantice che sfiata, raccolse le forze, prese lo slancio e si avventò col suo ramo-katana contro il killer, come un kamikaze.

In quell'attimo eterno vide l'uomo voltarsi lentamente, riuscì a scorgere la sorpresa e l'interrogativo nei suoi occhi, poi vide il suo braccio armato di pistola cominciare a cambiare mira, rivolgersi verso di lui.

Quel volo magico al rallentatore terminò di colpo quando don Pietro atterrò davanti all'uomo e gli assestò una mazzata netta tra la spalla e la testa. Si sentì solo un colpo sordo, assorbito dal cranio e dai tessuti molli.

Poi il corpo del killer volò di lato come un sacco vecchio, compiendo una parabola che terminò sui lastroni della banchina.

E fu di nuovo il silenzio.

Solo lo scorrere dell'acqua, e, in lontananza, lo scalpiccio concitato di Smilzo che fuggiva.

Don Pietro era inebetito. Lasciò cadere il ramo. Che ho fatto, si chiese. Dio, se esisti, perdonami.

Poi si avvicinò al corpo esanime e si inginocchiò accanto a lui.

11

Il resto della notte. Bastava lasciarsi alle spalle il resto della notte.

Smilzo tremava schiacciato contro la parete della vecchia garitta abbandonata, la bambina di nuovo addormentata stretta al petto.

Non era al sicuro, lo sapeva, ma almeno era nascosto.

Aveva risalito a due a due i gradini della rampa di scale che dalla banchina portava al lungotevere. Poi si era precipitato, non sapeva neppure lui verso dove, l'importante era correre lontano dagli spari e da chi li voleva morti.

Aveva corso a perdifiato attraverso il ponte Cavour, la città deserta intorno a lui, fino a che non si era ritrovato, sfinito e stordito, lungo il muro della caserma. E si era infilato nel primo buco che aveva trovato.

La garitta faceva parte del complesso militare di zona. Era posizionata, come la sua gemella, al lato del grande portone d'ingresso della caserma allievi ufficiali. Smilzo c'era passato davanti varie volte, in passato, quando era alla canna del gas dalla fame e doveva ricorrere alla mensa del prete, che era nello stesso quartiere. Odiava fare l'accattone, si disprezzava ma la fame è fame. E poi il prete non era malaccio, si faceva gli affari suoi e non cercava di convertire nessuno.

La caserma era un bell'edificio fine Ottocento, enorme, quadrato, dagli spazi larghi e antichi. Funzionava ancora, anche se ogni tanto si sentivano notizie sulla sua dismissione per altri usi.

Tutta la facciata dava su un viale alberato, senza negozi o case, solo altre caserme. Era un quartiere nato dopo la breccia di Porta Pia, per ospitare i militari e i magistrati arrivati dal Nord a coltivare l'idea di un'Italia unita e di una capitale nuova. E avevano fatto una spianata di caserme, tanto per festeggiare. Comunque oggi era un quartiere dagli spazi grandiosi, un'enorme griglia di boulevard alla parigina, squadrata e simmetrica.

Qui non ci viene a cercare nessuno, mormorò Smilzo alla bambina addormentata. Giuro.

Ma che cosa giuro? Qui siamo come due polli vicino a uno spiedo. Mi pare di averlo seminato, quel pazzo che sparava, ma che ne so.

Mise il naso fuori della garitta. Tutto era tranquillo. La luce nebulosa dei lampioni cadeva frastagliata dal fitto fogliame dei platani giganteschi.

La mensa del prete è a duecento metri, pensò. Se corro come un razzo in un minuto sono là. Busso e mi aprono. Non possono non aprire a uno che chiede asilo. Sta scritto su tutti i romanzi che il diritto d'asilo è sacro. Ci *devono* ospitare. Hanno una missione divina da rispettare.

In quel momento arrivò sbuffando un autobus notturno. Smilzo lo vide fermarsi proprio davanti alla garitta, con un uggiolio di freni stanchi.

La fermata! Anzi, il capolinea del 495 notturno era proprio lì davanti. Adesso questo mi resta qui fermo almeno mezz'ora, pensò, preso dal panico. Poi, a velocità siderale, considerò anche di saltare sul bus e cominciare a vagare nella sua corsa notturna per la città, tanto per tirare l'alba. Oppure poteva entrare, lasciare la bambina su uno dei sedili e scendere come un furetto proprio mentre l'autobus ripartiva. Qualcuno si sarebbe preso cura di lei, qualcuno molto più affidabile di me, si disse. E si disprezzò subito. La bambina gli stava stretta al collo e sembrava addormentata, non aveva sofferto della lunga fuga notturna.

Come posso pensare di abbandonarla, sono un mostro, un essere orrendo e indegno, si crocifisse.

Le porte del bus si aprirono, nessuno scese, il grande mezzo viaggiava vuoto. E chi vuoi che si metta a girare a quest'ora di notte?

Dopo qualche istante comparve l'autista. L'uomo si fermò un attimo sulla soglia della porta a soffietto, e poi, a passi lenti, scese in strada.

Se mi vede si spaventa, pensò Smilzo, e magari chiama aiuto. Si rintanò ancora di più in fondo, appiccicandosi alla parete della garitta. Forse non mi vede, forse non mi vede, forse non mi vede, se lo penso altre cento volte allora si avvera.

« Ehi tu. » L'aveva visto. L'autista se ne stava con le mani in tasca e guardava verso l'interno della garitta, « Che ci fai lì? »

Lo scongiuro magico non è servito, si disse Smilzo, e adesso?

« Chi sei? » chiese ancora l'uomo. La mano destra ora stava fuori dalla tasca dei pantaloni e impugnava un cellulare.

Smilzo strinse forte la bambina e uscì all'esterno.

« Salve » salutò.

L'autista, un uomo di mezza età, tranquillo e dalla faccia bonaria, lo osservò piegando un po' la testa di lato. Gli sembro un pezzente, sbandato, emarginato, senza casa, allucinato e fritto. Cioè esattamente quello che sono, si disse Smilzo, ormai alla disperazione.

« Problemi? » chiese gentilmente l'altro.

« No. »

La bambina staccò la testa dal collo di Smilzo e fissò l'uomo.

« Invece mi pare proprio che hai bisogno d'aiuto » decise l'autista, e cominciò a digitare sul cellulare.

«No, davvero, è tutto a posto, stiamo andando a casa, lasci stare» provò a dire Smilzo.

Ma l'altro portò il cellulare all'orecchio, in attesa del segnale, senza staccargli gli occhi di dosso. «Hai bisogno d'aiuto» ribadì.

Ma, subito, nell'improvviso silenzio che seguì la sua dichiarazione, la vocina della bambina risuonò nella notte, chiara e concisa: «F-f-faf...»

No, ti prego, pensò Smilzo, non lo dire. In una frazione di secondo scongiurò tutti i potenti del soprannaturale: non adesso.

«F-fa-ff... ngulo!» sparò invece, chiara e netta, la nana ormai sveglissima.

L'autista, incredulo, allungò il collo in avanti, come per sentire meglio, il telefonino a mezz'aria tra l'orecchio e la spalla, in una posa che ricordava a Smilzo una specie di statua della Libertà telefonica.

«Che cosa ha detto?» chiese imbambolato l'autista.

Questo è il momento in cui un essere umano che non ha niente da nascondere e vive una vita normale, con l'albero di natale a Natale, l'uovo di pasqua a Pasqua, la dichiarazione fiscale regolare, le lezioni di nuoto per i figli e il calcetto al venerdì, sa cosa va fatto, pensò Smilzo. Raccoglie le idee, fa una risata complice da uomo a uomo all'autista e ne esce a testa alta, senza questa assurda paura che mi mangia vivo. È il momento di essere uomini a tutto tondo.

E, con le migliori intenzioni di essere uomo a trecentosessanta gradi e quindi fraternizzare cameratescamente con l'autista suo pari, Smilzo girò sui tacchi e se la diede a gambe.

E mentre scappava a perdifiato sapeva solo una cosa con certezza: era orgoglioso del fagottino che teneva in braccio.

È la notte della maratona dei poveri, ma io in braccio ho la bambina più forte che esiste sulla faccia della Terra.

12

Il giornale e una tazzina di caffè. Quando hai davanti queste due cose, la mattina presto, mentre quasi tutti gli altri dormono ancora, allora sei uguale al presidente degli Stati Uniti, o al Re di Svezia, volendo anche al papa, pensò il professor De Renzis, soddisfatto.

Era in pensione da diversi anni, ormai, ma non si era ancora abituato alle piccole soddisfazioni che la sua condizione gli aveva fatto scoprire. Se le godeva tutte, da quel primo caffè mattutino con giornale annesso, alla passeggiatina per il quartiere fino ai giardinetti, passando per il secondo caffè, al bar dell'angolo con il barista che gli strizzava l'occhio e gli metteva un cioccolatino accanto alla tazzina, oppure alla pasticceria Sovrana, accompagnato da un dolcetto.

Poi, una volta ai giardinetti, c'era la panchina dove si metteva a guardare il viavai dei passanti, cercando di indovinare di ognuno la vita, i pensieri. E, dulcis in fundo, il libro che tirava fuori dalla tasca quando il viavai si diradava. E poi, dulcissimus in fundissimo, c'era Picchio, il suo compagno di vita.

In quel momento Picchio stava puntando una cornacchia che cincischiava tra l'erba rada dell'aiuola. Il chihuahua era più piccolo della cornacchia ma ringhiava e mostrava i denti come un piranha per cacciarla via.

« Lasciala in pace » ordinò il professore.

Picchio lo guardò perplesso.

«Non è casa nostra, qui. Questo posto è di tutti.»

«Mi sembra strano» concluse il cane, e se ne andò a raspare la terra vicino a un cespuglio di alloro.

Perché sento il cane che mi parla? si domandò il professore, svagatamente. All'inizio si era preoccupato. La prima volta era successo un giorno in cui aveva scodellato a Picchio dei nuovi croccantini, presi al discount, che costavano la metà e pesavano il doppio. Il cane li aveva guardati con disprezzo e poi aveva detto: «Tirchio».

Lì per lì aveva pensato di aver capito male, forse il cane aveva solo fatto uno dei suoi buffi versi da chihuahua.

«No. Ti ho detto proprio tirchio» aveva invece ribadito il cane, «per risparmiare due euro scamuffi hai preso i croccantini schifi.» E se n'era andato nell'altra stanza, ad accucciarsi nel suo canestro imbottito.

Il professore era rimasto nella stessa posizione per un tempo indefinito, incapace di credere alle sue orecchie.

Sono impazzito? si era chiesto. Ho le allucinazioni, forse. Sono rimbambito. D'altra parte a ottantatré anni è normale. O forse il paranormale esiste. Magari invece ho già l'Alzheimer e non lo so, non me ne rendo conto. Credo di essere quello che sono e invece sono chissà chi.

Il suo terrore era finire in un ospizio, nelle mani di infermieri sconosciuti, considerato solo una zavorra di cui liberarsi al più presto. E che ne sarebbe mai di Picchio se io finisco all'ospizio?

Era andato di là a cercare di capire quanto fosse pazzo: se si era trattato di un momento o se il guaio era permanente.

Il cane se ne stava acciambellato sul suo cuscino, e lo guardava senza alzare la testa, da sotto in su, con gli occhi da martire. Il professore studiò la bestiola attentamente, in cerca di un segno di straordinarietà, di un alone mistico, di un'epifania rivelatrice. Invano, tutto era di una normalità sconcertante.

« Ma tu parli? » chiese alla fine dell'osservazione, sentendosi definitivamente pronto per il manicomio.

Il cane voltò la testa dall'altra parte e lo ignorò. Anzi di più, fece uno sbadiglio esagerato rispetto alla sua taglia e si appisolò.

Allora non sono pazzo, concluse il professore. È stato un qui pro quo acustico, nient'altro.

E per parecchi giorni non era successo più nulla di paranormale.

Si era quasi dimenticato l'accaduto quando si verificò il secondo episodio, al negozio di mangimi per animali. Picchio era al guinzaglio e il professore era chino tra gli scaffali, scegliendo i croccantini. Mentre stava allungando la mano verso il tipo più economico, sentì la voce.

« Voglio proprio vedere quali compri » aveva detto il cane.

Il professore si era raddrizzato di scatto, e si era guardato intorno furtivamente. Qualcuno aveva sentito? C'era una signora lì accanto che stava comprando cibo per gatti. La donna guardò il chihuahua e disse: « Che carino. Come si chiama? »

Il professore aprì la bocca per rispondere, ma non ce ne fu bisogno. « Picchio » disse il cane.

Lei era rimasta col suo sorriso interrogativo sulle labbra e la testa appena piegata di lato, in attesa. Non l'ha sentito, pensò il professore.

La donna gli fece un cenno incoraggiante e lui capì che stava aspettando una risposta. « Si chiama Picchio » momorò.

« Picchio... » ripeté la donna, « che carino », e riprese a scegliere le sue scatolette.

Lo sento solo io, aveva concluso il professore. Sono proprio impazzito. Ma da quel momento in poi ci aveva fatto l'abitudine. E si era rassegnato, anche perché per fortuna il cane parlava poco, era un tipo taciturno.

13

Finalmente don Pietro trovò una cabina telefonica. Chiamò il 118.

«Che c'è?» rispose una voce stanca.

«Un uomo ferito, gravemente» disse il prete, ansimando ancora per la corsa.

«Lei chi è?» La voce stanca si confondeva con altre voci, squilli e rumori vari del centralino.

«Che c'entra chi sono? Io l'ho solo visto, sono un passante.»

«E certo siete tutti passanti, solo noi stiamo sempre qui.»

«Ma è matto? Quello sta morendo!» protestò don Pietro.

«Dove?» si decise a chiedere la voce, ancora più stanca.

«Sull'argine del Tevere. All'altezza di Ponte Sisto, banchina di destra.»

«Ma lei dice sotto?»

«Sotto, sì, bisogna scendere la scala.»

Ci fu una pausa, poi la voce riprese, vagamente risentita: «Ah, capisco. Non ci si arriva con l'ambulanza là sotto».

«Non lo so, fate presto, è gravissimo.»

«Dobbiamo scendere giù con la barella a mano» la voce stanca adesso era anche rassegnata. Va bene, ha provato a rianimarlo?»

«Ma quale rianimarlo, lo ha capito che è quasi morto? Dovete venire subito!»

«Va bene arriviamo. Lei resti lì col ferito.»

Certo, come no, pensò don Pietro, riattaccando. Si guardò intorno in cerca di un riparo. Si acquattò dietro il chiosco delle bibite, e si mise in attesa dell'ambulanza. Quella notte non finiva mai. E c'era un po' di tempo per pensare.

Quando si era accorto che il morto non era morto ma solo ferito, si era sentito di nuovo in collegamento con Dio.

Non l'ho ammazzato, è vivo. Mentre lo ripensava per la milionesima volta riprovò quel frullo d'ali di angeli felici nel petto. Cherubini azzurri gli svolazzavano intorno sussurrando: non sei un assassino, sei solo un feritore. E per essere un feritore non aveva neanche esagerato troppo, considerato che quel bastardo stava per ammazzare una bambina e il suo barbone.

E bastardo era bastardo, anche se era un collega. Quando aveva visto il killer che indossava la tonaca si era spaventato ancora di più. Un prete sparatore, cose dell'altro mondo. Ma don Pietro sapeva che non stava a lui giudicare: un prete è un sacramento vivente, anche se ne combina più del diavolo. Eppure questi dogmi facevano a volte vacillare la sua fede, lasciandolo pieno di dubbi. Perché Dio ha bisogno di dogmi? Perché non può essere tutto semplice e chiaro? Perché perché perché. Perché basta.

Io queste riflessioni devo bandirle dalla mia mente, si rimproverò. La Fede è cieca e assoluta. Non si fanno distinguo. Oh.

Per fortuna sentì la sirena dell'ambulanza arrivare da lontano, avvicinarsi e poi apparvero le luci lampeggianti. Deo gratias.

L'automezzo si fermò di traverso accanto al ponte. Don Pietro vide scendere un paramedico con una grossa torcia.

« Speriamo che è questo, il ponte giusto » borbottò l'uomo, che si affacciò al parapetto scandagliando l'argine con la luce della torcia. « Eccolo, è la sotto » lo sentì dire.

Poi altri due infermieri scaricarono una barella e tutti scesero rumorosamente le scale, per raggiungere il ferito.

Don Pietro spuntò da dietro il chiosco di bibite e si guardò intorno: nessuno in vista. Si affacciò dal parapetto e vide il gruppetto dei paramedici indaffarati intorno al corpo.

Be' il suo dovere cristiano l'aveva fatto, lo sparatore misterioso era salvo. Si allontanò velocemente.

La fotoelettrica illuminava il corpo senza pietà.

Da dove si trovava, nascosto dietro un telone ammuffito, la scena era perfettamente visibile.

Gli infermieri stavano inginocchiati e parlottavano tra loro.

Sapeva cosa si stavano dicendo: non c'è più niente da fare.

Sentiva il calore della canna della pistola filtrare attraverso la stoffa dei pantaloni. Li aveva rubati a un moribondo scappando dall'ospedale. Stoffaccia da quattro soldi.

La fasciatura gli tirava in testa, e saldare il conto con quell'idiota che aveva ingaggiato lui stesso, l'aveva stancato. Senza contare il prete, sempre in mezzo. L'aveva graziato solo perché era certo che non l'avesse visto.

Ma adesso doveva rimettersi in moto.

Aveva fallito una volta, non poteva permettere che accadesse di nuovo.

14

Smilzo bussò al portoncino verde scuro, su cui spiccava la targhetta «comunità» e nient'altro.

Che vuol dire comunità senza un'indicazione, un nome, un santo, una via da seguire. Tutti dietro l'anonimato si nascondono ormai, tutti hanno il terrore di essere agguantati dal destino. Io per primo.

Smilzo aveva il fiatone, gli faceva male il collo, a cui stava appesa la bambina che era piccola ma sembrava pesare quanto un sacco di cemento, e semplicemente non ne poteva più di tutto. Adesso pretendeva che qualcuno gli desse una mano. Non si può lasciare un uomo disperato, solo, che non ha uno straccio di posto dove andare, così, alla mercé della notte e dei criminali con le pistole, in mezzo alla strada. Aveva il cuore spaccato dalla paura.

Bussò di nuovo. Non c'era campanello. E questa sarebbe la casa dell'accoglienza.

Passarono alcuni lunghi istanti. Niente, erano tutti morti là dentro?

Bussò ancora, con forza, battendo il pugno senza smettere mai. Voglio vedere se fanno ancora finta di non sentire.

Finalmente qualcosa accadde. La targhetta si spostò di due centimetri di lato rivelando una fessura attraverso la quale una voce chiese: «Che c'è?»

«Devo vedere il prete.»

«Non c'è. Torna domani.»

Smilzo rimase a fissare la targhetta che scivolava di nuovo al suo posto.

Riprese a bussare senza ritegno, la mano gli faceva male.

«Basta!» disse la voce dall'interno. E la targhetta si spostò di nuovo. «Don Pietro non c'è e il dormitorio è pieno.» L'accento era straniero.

«Ho una bambina piccola.»

«Qui non possono entrare bambini.»

Smilzo era fuori di sé. «Ma siete scemi? E dove li mettete i bambini?»

La voce si fece più stanca. «Non li possiamo ospitare noi, i bambini devono stare in strutture protette, qui è solo per adulti.»

«E dove stanno queste strutture protette?»

«Non lo so, torna domattina e ti danno delle indicazioni.»

«Certo, e nel frattempo la bambina sta meglio in mezzo alla strada, vero? o sul marciapiedi, o dentro al cassonetto, no? Più protetto del cassonetto...»

«È la legge, mi dispiace.»

«Se non apri do fuoco alla porta.»

«Fai come ti pare, io non posso aprire.»

La targhetta scattò al suo posto.

Smilzo appoggiò la fronte al portoncino. Più che disperato si sentiva uno stoccafisso appeso. Secco, stanco, salato, preda degli eventi e incapace di trovare un'idea, un'illuminazione, qualcosa che lo portasse di nuovo sulla giostra colorata del mondo, dove sono tutti gli altri, quelli felici che girano, girano e non sanno che da un momento all'altro può arrivarti un calcio nel posteriore che ti sbalza dal cavalluccio dorato e ti lancia in orbita nel freddo nulla, dove non c'è più nessuno a ridere e a girare, ma solo buie notti di solitudine e paura. Come questa. Eccomi qua, perso nel vuoto cosmico, si disse. E ci sparano pure addosso.

In quel momento squillò il telefono.

Il cassonetto emanava un fetore mortuario, ma almeno era grosso. Smilzo stava rannicchiato dietro la parete di plastica scura e stringeva la bambina al petto. Non è un gran riparo, pensò. Ma tu guarda se nella culla del Diritto, una delle più famose città storiche dell'occidente, turistica all'ennesima potenza, uno per salvarsi la vita deve accucciarsi dietro i cassonetti. Nemmeno a Kabul.

In quel momento si sentì un tramestio frenetico provenire dall'interno del grosso contenitore e quindi il muso di un ratto si affacciò al bordo. Poi l'animale saltò a terra, corse veloce lungo il bordo del marciapiede e sparì nel tombino.

Non mi voglio più spaventare, pensò Smilzo col cuore incartapecorito, ormai ne ho viste di tutti i colori. Si concentrò sul cellulare. Al primo squillo, poco prima, ne aveva subito bloccato la suoneria, senza nemmeno guardare il display, voleva solo che quel rumore smettesse di rimbombare nella notte, facendo di loro due dei bersagli mobili viventi.

Ora si accorse che lo schermo del telefono, di un azzurrino chiaro, era ancora acceso, e la scritta diceva: chiamata sconosciuta connessa.

Avvicinò il telefono all'orecchio, bene attento a non fare nemmeno un fiato.

Dall'altra parte si sentiva il respiro pesante di qualcuno che aspettava, come lui.

In sottofondo percepì lo strascico lontano di una sirena.

Non è qui, chi sta chiamando non è qui vicino, pensò Smilzo.

« Pronto? » disse a un tratto la voce di un uomo.

Lui non rispose, incapace di trovare una qualsiasi parola da dire.

Rimasero in silenzio, tutti e due, come lupi che si studiano prima dell'attacco.

Passarono alcuni istanti.

Smilzo sapeva solo che ormai poteva aspettarsi di tutto, anche che il cellulare gli esplodesse fra le mani. Perché no? Magari sono capitato fra i terroristi, pensò. Ormai sono dovunque, hanno le bombe anche nei tacchi delle scarpe. Forse il tatuaggio della bambina è la data criptata del prossimo 11 settembre. E io sono pronto per andarmi a buttare dal ponte. Prima però devo salvare questa creatura da... da cosa? Non so nemmeno da chi stiamo scappando.

L'uomo dall'altra parte del telefono emise una specie di grugnito e poi disse, piano: « Ho i soldi ».

15

Eccole qua, queste sanguisughe, pensò Brandt mentre il sorriso d'ordinanza accompagnava le sue elucubrazioni.

Gli altri erano già seduti attorno al grande tavolo ovale della sala riunioni. Le mezze minerali davanti a ciascuno, le cartelline con i resoconti trimestrali gonfie di grafici, statistiche e documenti contabili. Erano nella sede centrale della Società, un edificio discreto alla periferia di Losanna. Le grandi finestre incorniciavano scorci del lago da cui esalavano lievi nebbie e impalpabile ricchezza.

«Signori» esordì l'avvocato, «nonostante la grave congiuntura internazionale, le previsioni trimestrali per il nostro gruppo sono eccellenti.»

I nove presenti seguivano le sue parole con attenzione, senza lasciar trasparire nessuna emozione.

Ingrati, pensò Brandt, vi ho arricchito per anni e anni, vi ho coperto d'oro e di santo anonimato, e mi guardate così, come un pacco di ricche mummie in salamoia.

«Noi non produciamo materie prime esauribili, né servizi destinati inevitabilmente all'obsolescenza, né tecnologia vecchia ancor prima di uscire dalla fabbrica. No, signori. Noi produciamo denaro, denaro fresco. È per questo che facciamo profitti, perché il denaro è sempre molto richiesto. I soldi in natura non si trovano.»

Attese qualche istante una reazione, che non venne, alla sua battuta. Le mummie rimasero tali. Continuò: «Noi produciamo l'idea stessa del denaro, la speranza che esso si moltiplichi e quindi si depositi là dove se lo aspetta chi ci regala fiducia. I nostri investitori». Il mortorio dei presenti non subiva scosse, le nove facce lo guardavano vacuamente, impermeabili a tutto.

Se ne fregano di come i soldi arrivano, l'importante è che finiscano nei loro conti correnti, considerò fra sé Brandt che conosceva i suoi polli.

«Le previsioni su base annua sono ancora più soddisfacenti» proseguì, «... si attestano su una crescita tendenziale del sette per cento. Troverete i dettagli nei dossier che vi sono stati distribuiti.»

I nove, neanche fossero stati radiocomandati dalle sue parole, aprirono quasi contemporaneamente le cartelline. Qualcuno le sfogliò distrattamente, fingendo di capirci qualcosa, altri, dopo una breve occhiata, le richiusero subito.

Branco di incapaci, pensò Brandt, buoni solo a incassare dividendi e a spendere soldi.

Sapeva però che doveva tenerseli buoni, lui era solo un avvocato, rappresentante legale e procuratore dell'azionista di maggioranza, assente perché legalmente dichiarata incapace di intendere e di volere. Mentre gli altri seduti attorno a quel tavolo, pur essendo idioti totali, non risultavano tali legalmente e se li ritrovava sul groppone con diritto di parola. Erano tutti, direttamente o indirettamente, sangue annacquato dei Buonconsiglio, eredi della grande famiglia. Frattaglie collaterali, beninteso, perché la stirpe si era arenata con Anna, ultima nipote diretta del conte. Di fronte a sé aveva cugini di terzo o quarto grado, pronipoti di secondo letto di qualche prodotto casuale dell'incontinenza sessuale del defunto conte, ma pur sempre emblemi viventi della cosiddetta rottura di balle.

«Cos'è successo al patrimonio immobiliare?» chiese a un tratto uno dei presenti.

Brandt si irrigidì.

Eccolo qui, il più fesso della tavolata, la rappresentazione umana dello zero virgola zero assoluto, l'incapacità fatta persona, un nullafacente nemmeno trentenne in doppio petto grigio e cravatta regimental coi colori del club dei cercopitechi scemi di cui è socio, questo mentecatto patentato, terzo nipote dell'ultima amante del fu capostipite, ebbene questo farlocco vivente sta chiedendo conto *a me* del patrimonio immobiliare.

L'avvocato avrebbe volentieri incenerito il protozoo con un pungolo elettrico da bovini, ma invece sorrise amabilmente e rispose con benevolenza. «Gli immobili sono stati trasferiti in un fondo, al fine di migliorare la nostra posizione fiscale. Ma si è trattato semplicemente di un'operazione contabile: il patrimonio è nel pieno possesso di tutti voi» spiegò.

Ora mi chiedono conto dell'operazione, si disse, mantenendo la sua faccia di marmo. E invece niente, le nove tartarughe marine antropomorfe sedute attorno al gran tavolo da riunione continuarono a fissarlo come in trance.

«Bene, abbiamo finito» tagliò corto, sfoderando il suo sorriso migliore. «E quindi, se siete d'accordo e non ci sono altre domande, possiamo trasferirci nella sala accanto per un piccolo rinfresco.»

Subito si sentì un gran rumoreggiare di sedie che si spostavano, tacchi che ticchettavano, voci che cincischiavano qualche commento svagato e soprattutto si diffuse nell'aria il sollievo generale.

Cani arrabbiati, bofonchiò l'avvocato tra sé, hanno messo le mani sull'ennesimo dividendo senza chiedersi da dove escono tutti quei soldi, e adesso si lanciano sul buffet come sciacalli affamati. Quando tutti furono usciti, Brandt rimase solo al grande tavolo. Si prese la testa fra le mani, assalito improvvisamente dalla stanchezza.

Per questa volta era riuscito ancora a coprire il buco di bilancio, ma la prossima non ci sarebbero stati gli immobili a garantire liquidità.

Doveva trovare il barbone.

16

« Quanti? » chiese Smilzo, ritrovando la voce. Non sapeva più se era stordito dalla puzza del cassonetto o dalla stanchezza.

« Tutti » disse la voce dall'altra parte del telefono.

Tutti che vuol dire, si chiese Smilzo. E poi perché farfuglio cose a un cellulare che scotta con un tizio sconosciuto che parla di soldi come se tutto fosse chiaro e io invece non ho capito niente.

« Siamo sicuri? » chiese, con un tono da ebete. Ma allora sono deficiente totale e quindi è giusto che mi ritrovo pezzente sotto i ponti e anche sparato da sconosciuti.

L'altro esitò un istante, quindi disse: « Sì ».

« Ah » bofonchiò Smilzo, maledicendo la propria inettitudine.

Rimasero in silenzio ancora qualche istante.

Infine la voce parlò di nuovo e disse: « Tutti e tre ».

« Tre » ripeté come un ebete.

« Tre milioni. »

« Eh? » gli uscì un suono strozzato. Si sentiva improvvisamente un pitone in gola che gli stritolava l'apparato fonico. Riprovò a dire qualcosa. Ne venne fuori un gracchio rantoloso: « Aahh... »

Tre milioni tre milioni tre milioni, ripeteva un disco rotto nella sua testa.

« Il pacco è pronto? » chiese la voce.

Il pacco? Di che parla questo.

« C-che pacco... »

« Lo sai che pacco. Non fare il finto stronzo, con me, hai ca... »

Smilzo riattaccò schiacciando convulsamente tutti i tasti del cellulare, a caso.

No no no, nossignore, no no no, non voglio sentir parlare di stronzi né di milioni nemmeno dipinto. I milioni sono cose che appartengono al mio passato da incubo dove si switchano le vite della gente in cambio dei loro risparmi, come fosse niente.

Tre milioni sono un pulsante che si schiaccia, niente di più. E qui c'è poco da schiacciare.

17

L'aspirina frizzava stancamente nel bicchiere d'acqua, ormai era tutta sciolta.

Anche io sono sciolto, svanito, finito, pensava Tano Curreri guardando le bollicine senza vederle.

Potevo fare l'idraulico, oppure l'insegnante, sono bravo sia nelle riparazioni che nel portare pazienza. E invece no, eccomi qui col mal di testa d'ufficio, che attacca quando mi sveglio e stacca quando mi addormento. È collegato al lavoro, concluse.

Aveva scelto di fare il poliziotto perché da piccolo gli era capitato in mano un romanzo col commissario Maigret. Si era visto subito camminare anche lui per le vie di Parigi, a passo misurato, mentre la signora Maigret l'aspettava a casa, con i suoi manicaretti francesi e quell'aria di saggezza, sempre francese, che nasconde il piccante.

Il commissario risolveva tutti i casi con calma e sangue freddo, godendosi una birra qua e un'altra là in qualche bistrot e individuando i cattivi al primo sguardo, neanche avesse il radar.

E grazie tante. Simenon indicava a Maigret da che parte andare e gli metteva tutta la scena in piedi con l'intelaiatura curata nei minimi particolari. In certe pagine si potevano quasi vedere le frecce fosforescenti che lampeggiavano verso la direzione che l'indagine doveva prendere.

Maigret non poteva sbagliare, *doveva* notare quel certo particolare *e non poteva che dirigersi verso* quel certo posto dove avrebbe pizzicato il colpevole. C'erano i segnali seminati ad arte dall'autore a rimetterlo in carreggiata, se mai gli fosse venuto il ghiribizzo di buttarsi da un'altra parte. Non c'erano santi. E se a al commissario Maigret, nonostante tutto, venivano dei dubbi e si metteva in testa di prendere delle iniziative personali, ecco che Simenon gli dava delle spintarelle amichevoli ma decise, nonché qualche calcio nel deretano se quello insisteva a sbagliare, e il commissario trotterellando riprendeva la strada giusta.

E invece nella vita vera del poliziotto in carne e ossa regnava il caos. Non c'era nessuno scrittore che ti metteva un indizio lì, un altro qui, che ti sottolineava lo sguardo un po' così della signorina Tal dei Tali che guarda caso era la complice del colpevole.

Nella vita reale ti trovavi spaesato e frantumato perso, tra segni incomprensibili che potevano sì essere tracce dell'assassino, ma anche e più spesso erano fesserie macroscopiche che non ti portavano da nessuna parte, se non forse, distaccato per imperizia, in uno sperduto villaggio in fondo al mondo, a fare la guardia al nulla.

O sarò io cretino, si chiese. Sarò io cretino, si rispose.

Non che la cosa lo preoccupasse più di tanto, ci conviveva dall'età della ragione. Anche in classe, in seconda elementare, ma pure in prima, in questo era stato precoce, si chiedeva continuamente se anche gli altri bambini avessero quei vuoti che si portava in testa lui. Quelle lande desolate percorse da fumi grigi e nient'altro.

Una volta, alle medie, quindi non c'erano giustificazioni, era già grandicello, il professore di lettere aveva chiesto in classe chi avrebbe fatto il Classico, dopo. Alcuni compagni alzarono la mano, e subito l'alzò anche lui. Gli piaceva far parte di qualcosa, si sentiva meno solo.

Poi l'insegnante chiese chi avrebbe fatto lo Scientifico. Altri studenti alzarono la mano e lui pure.

Al che il professore l'aveva guardato incuriosito: «Fai tutti e due?» I compagni si erano messi a ridacchiare. Lui era diventato rosso e si era reso conto di aver fatto una delle sue solite figure da pesce lesso. Poi alla fine aveva preso ragioneria, suo padre l'aveva iscritto senza nemmeno chiedergli se gli andava bene. Con suo padre le cose dovevano andarti bene per forza.

Riprese a leggere il rapporto sulla ragazza morta al supermercato. C'era qualcosa che il medico legale aveva sottolineato.

Squillò il telefono. «Pronto?»

«Ciao caro.»

Ciao caro glielo diceva solo sua madre, quando ancora c'era. E Lucentis. Quel passacarte bombardone obeso che stabiliva le promozioni e metteva il naso in ogni pizzo del commissariato. «Ciao Lucentis, che c'è?»

«Niente, caro...» e allora che mi telefoni a fare, pensò Curreri.

«È che hanno trovato un prete a Ponte Sisto.»

Perché, i preti non ci possono stare a Ponte Sisto? La zona è tossica e la notte si sparano musica e altro in strada fino alla mattina dopo e poi la gente la trovi buttata per terra, di traverso in ogni angolo, lessa di birra e chissà che altre schifezze, ma mica è vietata ai preti. Ma era inutile spiegare queste cose a Lucentis che non aveva ancora capito perché esisteva e quindi figuriamoci se poteva capire il resto.

«E allora?» chiese, per interrompere l'insana pausa di silenzio.

«E allora è morto. *Caro.*»

18

La bambina lo guardava seria, come al solito. Il visetto grassoccio, gli occhi scuri imbronciati.

Sembra Winston Churchill in quella foto famosa col sigaro, pensò Smilzo, folgorato dall'intuizione. Ecco, a lei manca solo il sigaro: la faccia da Churchill e soprattutto l'espressione, ce l'ha tutta.

« Si può sapere che hai combinato? »

Si erano sistemati al parco giochi dei giardinetti, ancora deserto, erano le sei del mattino. Lei non era voluta salire sui dondoli e nemmeno sullo scivolo. Si era messa seduta su un tufo abbandonato vicino alla casetta di plastica gialla e continuava a fissarlo.

Smilzo provò a sedersi sull'altalena, per invogliarla a fare altrettanto, e distrarla, possibilmente. « Che hai fatto? A chi hai pestato i piedi? » le chiese, senza aspettarsi una risposta, che infatti non venne.

La presenza della bambina aveva messo a nudo tutta la miserabilità della sua vita. E non tanto perché era un pezzente barbone senza un soldo abitante di argini puzzolenti di fiume, no. Ma perché non aveva nessuno. Neanche un cane a cui rivolgersi per dire mi dai una mano, mi aiuti in questo frangente spaventoso in cui ho una bambina inseguita da non so chi che mi si appiccica addosso e chiunque al mondo le troverebbe in tre secondi un tetto, una protezione, un nido dove rifugiarsi in attesa di trovare i genitori o la sua famiglia, chiunque meno io.

No, io sono solo, senza un contatto con nessuno, rimuginava Smilzo fra sé. Prima, quando ero ricco e yuppy, e facevo i soldi vendendo e comprando aria fritta, mi sentivo il padrone del mondo e pensavo che tutti mi stessero intorno perché ero bello bravo buono e intelligente. Idiota deficiente cretino e incapace che non ero altro. E che purtroppo sono ancora e anche di più.

Quando tutto era crollato come un castello di carte e si era ritrovato senza niente, erano spariti tutti, volatilizzati. La diaspora degli amici, colleghi e conoscenti. La prima a sparire era stata Veronica. E poi era sparita la roba. La casa, i titoli, i conti correnti, le macchine. Tre macchine avevo, ma che ci dovevo fare con tre macchine? Chi ce li ha tre culi per andarci in giro? E i risparmi, tutto via, venduto, perduto, usato per non andare in galera, per pagare almeno in parte le voragini di debiti. Di quel periodo non riusciva a ricordare tutto, interi pezzi di quell'inferno erano spariti, infilati in un provvidenziale buco nero sepolto in qualche recesso della sua testa.

La discesa all'inferno era finita in un cartone sotto i ponti. Finita, poi, chi può dirlo? Al domani non c'è mai peggio.

La cosa buona era che sotto i ponti non ci si era trovato male, dopo tutto. Anzi poteva affermare con certezza assoluta che ci si era trovato molto meglio che nel suo supergalattico ufficio.

Era un lupo solitario, in fondo, e lo aveva sempre saputo, e almeno sotto Ponte Sant'Angelo non doveva dimostrare più niente a nessuno. Era solo uno dei tanti zombie che si aggirano nei meandri oscuri e marginali della città, invisibili.

Però adesso uno straccio di amico, di parente, gli avrebbe fatto comodo. Qualcuno con cui consigliarsi per la bambina.

Pensando pensando, aveva cominciato a dondolarsi su e giù sull'altalena. Il piccolo sedile progettato per i bambini gli stava stretto e le catenelle di sostegno cigolavano fastidiosamente. Al terzo dondolio l'altalena cedette di schianto, aprendosi in due.

Smilzo si ritrovò di botto col sedere a terra, dolorante.

Lì per lì ci rimase male. Che figura, pensò. Ma almeno lei si metterà a ridere.

Sbirciò verso la bambina nella speranza di vedere un sorriso dedicato a questo clown idiota che l'accompagnava, ma lei non fece una piega. Semplicemente scosse appena il capo con un velo di pietà e si voltò dall'altra parte.

Meno male che la comunità del prete apre tra poco, la mollo lì e tanti saluti ai suonatori, pensò.

Poi, cercando di fare il disinvolto, si alzò, spazzolandosi i calzoni.

Si era appena rimesso in piedi che squillò il telefono. Smilzo lo prese dalla tasca tenendolo con due dita, lontano da sé. Il cellulare vibrava e si dimenava come un serpente a sonagli. Perché non l'ho gettato via, oppure distrutto, calpestato sotto i tacchi delle scarpe, perché? Però magari stavolta è il padre, qualcuno della famiglia.

L'aggeggio continuava a squillare, «chiamata sconosciuta» campeggiava sul piccolo schermo azzurro. Alla fine rispose.

Dall'altra parte la voce era fredda e tagliente: «Non fare mai più una cosa del genere, hai capito?»

Smilzo era ammutolito, aveva la bocca che si muoveva da sola, sembrava un pesce: apri chiudi, apri chiudi...

«Hai capito?» chiese di nuovo la voce.

«Che co... che co... che...»

«Non riattaccare mai con me. Mai. Se ci provi un'altra volta sola sei già morto sparato adesso subito sul colpo. È chiaro?»

Smilzo non riusciva a emettere alcun suono.

«È chiaro?» ruggì la voce.

Smilzo sbatté il cellulare a terra e cominciò a saltarci sopra coi piedi come un matto. Sentì i frammenti di plastica e metallo sbriciolarsi e continuò a pestare senza pietà.

Smise solo quando gli cominciarono a fare male le piante dei piedi e si rese conto che del cellulare non restava più niente se non qualche pezzetto mezzo polverizzato. Aveva il fiatone.

La bambina lo guardava senza un'espressione particolare, forse solo una punta di riprovazione.

Lui cercò di riprendersi. «Non è niente» le disse con disinvoltura fasulla, «solo uno scocciatore. Aveva sbagliato numero. E poi il telefono a che ci serve? A niente. A chi dobbiamo telefonare?»

Alla Croce Rossa dobbiamo telefonare, all'Onu, ad Amnesty International, alla Protezione Animali, a chiunque ci possa tirare fuori da questa cosa assurda.

La bambina lo ignorava, si era alzata dal tufo e si era avvicinata al mucchietto di rimasugli sfrantumati del cellulare. La vide chinarsi in avanti, fissando i poveri resti con attenzione per osservarli meglio, mezza appoggiata con le mani sulle ginocchia appena flesse.

Ha delle pose da scaricatore di porto, pensò Smilzo, e nello stesso tempo potrebbe essere Michelangelo che sta considerando come dipingere Adamo nella Cappella Sistina, oppure Geronimo che osserva tracce del passaggio di John Wayne nella polvere. Questa bambina mi sta mettendo spalle al muro.

A un tratto la vide allungare un braccio e raccogliere qualcosa.

«Ehi! non si prende la roba da terra, è sporca. Vai via di là» le intimò, sull'onda di un riflesso arcaico, arrivato alle corde vocali prima che al cervello. Sto diventando un vecchio zio noioso, si disse.

La piccola intanto rigirava tra le dita qualcosa di minuscolo.

«Ehi! La smetti? Butta giù subito.»

Lei alzò gli occhi verso Smilzo, guardandolo in quel modo paziente che sembrava ribaltare le parti: lei l'adulta, lui il bambino.

Poi sospirò e gli si avvicinò, alla sua maniera traballante, porgendogli l'oggetto misterioso che aveva preso da terra.

È una cacca di uccello rinsecchita, pensò Smilzo, alla vista di quel grumo di terriccio. Gli faceva schifo ma per non offendere la bambina che gli stava facendo un dono, lo prese, con un sorriso scemo.

Ma non era cacca di uccello, era la scheda telefonica del cellulare. La ripulì, sembrava intatta. Smilzo scosse la testa. «Perché l'hai raccolta? Noi col tizio del telefono non dobbiamo avere contatti, lo capisci o no?»

Lei non lo guardò, si stava strofinando le manine, una contro l'altra per liberarle dallo sporco.

«Adesso la vai a buttare nel cestino.»

La bambina prese la piccola scheda e si avviò verso un cestino dei rifiuti. Smilzo la vide cincischiare e poi tornare indietro imbronciata, a braccia conserte.

«E poi si può sapere perché questo ci vuole dare tre milioni?»

La bambina allargò le braccia e si strinse nelle spalle.

Sembra mia nonna, pensò Smilzo, fa i gesti che faceva mia nonna, e io sembro il solito cerebrolabile che sono.

«Adesso andiamo dal prete, va bene? Alla comunità, dove siamo andati stanotte e non ci hanno aperto.»

La bambina si grattò il collo. Lui proseguì: «È inutile che fai la vaga. Io non ti posso tenere e quello è un posto sicuro. Ti consegno ai responsabili, che sono persone molto affidabili, ci sanno anche fare coi bambini, giuro. Loro in un attimo capiscono cosa c'è da fare, e in quattro e quattr'otto sei di nuovo a casa tua». Sono ripetitivo, si disse, ripetitivo e inconcludente, e lei lo sa.

Ma la piccola sembrava pensare ad altro, strusciava in terra col piede.

Lui insisté: «Okay?» Lei si strinse nelle spallucce e borbottò qualcosa.

«Che hai detto?» chiese Smilzo, speranzoso. Forse parla, forse comincia a dire qualcosa.

La bambina alzò lo sguardo su di lui, le sopracciglia appena aggrottate. È concentrata, pensò Smilzo, ottimo segno, sta cercando con cura le parole giuste.

Quindi lei aprì bocca e disse, guardandolo bene e scandendo meglio che poteva: «Fa-ff... ngu-lo».

19

Il corpo del prete era riverso sulla banchina in una posizione scomposta. La luce impietosa del sole schiacciava quello che restava dell'uomo sullo sfondo del putridume affiorante nell'area golenale del Tevere.

Sembra uno di quei corpi pietrificati di Pompei, fissati nell'ultimo istante di vita, pensò il commissario.

Si chinò a osservare quella morte da vicino. Ogni volta diversa, unica e triste, l'assenza di vita raccontava silenziosamente l'immensa perdita di quel piccolo universo che era stata la persona. I corpi della gente morta vivono in un'isola abbandonata, da cui ogni nave si allontana dopo averli scaricati, perché i vivi hanno paura di quel luogo e appartengono a un altrove di cui non fa parte chi non c'è più.

Provò tenerezza, comunione. E dolore, per quell'isola staccata da tutto, lontana, perduta.

Fu distratto dai propri pensieri per un'incongruenza fastidiosa che fece risuonare un campanellino, una specie di frinire di cicale meccaniche, in qualche parte della sua testa.

Dalla tonaca della vittima spuntavano i piedi. E allora? si disse. Che c'è di strano, i piedi sono una cosa normale, anche in un morto. E se il morto è un prete spuntano dalla tonaca.

Ma quei piedi avevano un qualcosa che non calzava. La parola calzare lo illuminò.

I mocassini erano nuovi nuovi, in pelle nera extralucida. E avevano le nappine.

Le nappine? Un prete morto, coi mocassini di Gucci da seicento euro minimo?

«Che scarpe, eh?»

L'agente Micci sottolineava sempre l'ovvio, e lo faceva con occhio ammiccante, da esperto.

«Non toccare niente» gli disse Curreri, «e dammi una penna.»

«Una penna?»

«Un qualche cosa per toccare il corpo senza lasciare impronte estranee sulla scena del crimine. Lo vedi CSI qualche volta?» baccalà bagnato incapace a tutto che non sei altro, concluse fra sé.

Micci infilò una mano nella giacca e ne trasse una sottile asticella di legno levigato che gli porse con sollecitudine.

Curreri la prese, osservandola appena e chiedendosi che ci faceva il suo sottoposto coi pezzi di legno infilati dentro la giacca. Incapace di darsi una risposta e anche disinteressato a trovarla, infilò la punta del legnetto sotto il bordo della tonaca del prete e sollevò lentamente la stoffa nera della tonaca, facendola risalire lungo la gamba del morto.

«Pantaloni da smoking» osservò l'agente. «Vede la guarnizione verticale di raso nero? È tipica dei pantaloni da smoking. Ho una certa conoscenza dell'abbigliamento formale. Certo è strano che un prete vada in giro con...» il giovane tacque, sotto lo sguardo accigliato di Curreri.

Il commissario si rialzò. «Tieni» disse, restituendo la bacchetta di legno a Micci.

Micci si affrettò a riprenderla e la ripose all'interno della giacca. «Grazie!»

«Che ci fai coi pezzi di legno addosso?» domandò Curreri, incapace di trattenere la curiosità.

L'agente deglutì, imbarazzato, poi rispose: «Musica, commissario. Faccio musica. Seguo i corsi serali al conservatorio».

Curreri rimase impressionato dalla notizia. La gente ti riserva sempre delle sorprese.

«Batteria? Tamburi?» chiese con finta indifferenza, in realtà era curioso.

«No» rispose Micci, bloccandosi come un somaro che non vuole più andare né avanti né indietro.

Adesso lo strozzo, pensò Curreri. Perché non completa l'informazione e mi costringe a fare altre domande? «E allora cosa?» domandò alla fine, divorato dai nervi.

«Direzione d'orchestra.»

Il commissario restò esterrefatto. Rimuginò la notizia. L'agente Micci, l'esemplare umano più vicino alla sogliola che conoscesse studiava di notte al conservatorio per diventare direttore d'orchestra. Come Toscanini, come Von Karajan, come Zubin Metha. I colossi.

E io l'orchestra al massimo la sento alla radio in macchina, se va bene, se trovo il pulsante dell'accensione. E Micci invece... un genio. Come spesso gli accadeva, sentì una specie di maremoto sciabordare nelle sue convinzioni più profonde, e portarlo giù verso la fossa delle Marianne dell'autostima, in compagnia dei calamari giganti di cui era, lui sì, un nemmeno tanto lontano parente.

«Bene, chiama la Scientifica» riuscì a dire.

«Già fatto» dichiarò Micci.

Sono inutile, pensò il commissario, sono un oggetto superfluo.

20

C'era una macchina della polizia coi lampeggianti accesi davanti al portoncino della comunità.

Smilzo fece appena in tempo a ritrarsi e nascondersi dietro l'angolo, tenendo la bambina protetta dietro le gambe.

Rifletté sulla situazione. Perché c'è la polizia davanti alla casa del prete? Mi stanno cercando? E come hanno fatto a collegarmi a questo posto? No, non era possibile. Sapeva che il prete non poteva avere il suo nome e tanto meno un indirizzo. Eppure non capiva cos'altro potesse fare lì la polizia.

Però, però. Magari una lite fra senzatetto, un diverbio fra emarginati. Ce n'erano di tipi strani alla mensa. Una volta uno seduto accanto a lui, un tizio calvo con un dente solo davanti, gli aveva detto di essere un terrorista russo incaricato dallo zar di bombardare il Colosseo. Un'altra volta era scoppiata una rissa per il tiramisù.

Smilzo si sporse appena da dietro l'angolo per sbirciare.

Le macchine della polizia erano due, in realtà. L'affare si ingrossa, pensò. E adesso che faccio? Era dall'inizio di quella storia che si chiedeva cosa fare senza riuscire a indovinarne una giusta.

Con la polizia dentro la comunità non poteva certo andare dal prete e affidargli la bambina e dire: be', hasta la vista, alla prossima.

Sempre tenendo d'occhio la scena, cercò a tastoni con la mano la testa della piccola dietro di sé, per rassicurarla.

Non c'era più.

Si guardò intorno, la bambina era sparita.

La mente gli si svuotò, rimase bloccato, con una specie di piatta lavagna grigia al posto del cervello. La bambina non c'era più. Rubata, fuggita, persa, sparita? Che importava, era libero, la cosa si era risolta da sola. Qualcuno ci penserà, si disse fatalista, tutti sono disposti ad aiutare una bambina piccola in difficoltà, guarda io che sto combinando per salvarla, ho messo sottosopra tutte le mie abitudini. Belle abitudini, gracchiò qualcosa nella sua testa. E invece del sollievo arrivò la disperazione, un'angoscia buia che non era di questo mondo lo invase.

Saltò fuori dal nascondiglio e si guardò intorno freneticamente, dov'è dov'è dov'è...

La vide che attraversava il viale, incerta. Teneva la testa bassa e le braccine un po' scostate dal corpo, per aiutarsi a mantenere l'equilibrio.

Una macchina stava arrivando. Il conducente forse la vide all'ultimo momento perché inchiodò per evitarla, con una sterzata scomposta.

Smilzo si precipitò verso di lei che si era bloccata in mezzo alla strada, paralizzata come un cervo abbagliato dai fari nella notte.

Intanto un uomo sui sessanta, in tuta da operaio, era sceso dall'auto, sollecito, lasciando la portiera spalancata e si era chinato a soccorrere la bambina.

Smilzo arrivò in quel momento, la prese in braccio e la strinse a sé.

«Ma che fai? Sei matta? Sei diventata matta?» prese a biascicare. «Mi hai fatto prendere un colpo. Non si sparisce così, all'improvviso, senza dire una parola, mi stava venendo un infarto, lo sai? Vuoi che muoio? Mi vuoi vedere morto stecchito? Come stai, come ti senti, ti sei messa paura, sapessi io. Che c'è in quella testa dura, eh? Mannaggia.»

La bambina teneva gli occhi bassi.

«E lei stia più attento a sua figlia, la prossima volta, non si lasciano soli i bambini piccoli, nemmeno per un secondo» disse l'operaio, cercando di esser severo, ma si capiva che era solo spaventato.

«Scusi» farfugliò Smilzo, incapace di aggiungere altro.

L'operaio tornò in macchina, scuotendo la testa, sbatté la portiera, mise in moto e se ne andò.

«Stai bene?»

La bambina si strinse nelle spalle in quel suo modo imbronciato.

«Dove volevi andare?»

Lei fece di nuovo spallucce.

«Ma ti rendi conto che potevi morire?»

La piccola sbuffò.

«Ma perché te ne sei andata?»

«Buongiorno!» disse a un tratto una voce stentorea dietro di loro.

Smilzo scattò in piedi.

Un poliziotto li stava guardando, a un metro di distanza, braccia conserte, piglio severo. Doveva essere della volante posteggiata davanti alla comunità. «Tutto bene?»

«Benissimo» rispose Smilzo, con un filo di voce.

«Tu stai bene?» chiese il poliziotto alla bambina.

Lei cominciò a biascicare qualcosa. Smilzo era terrorizzato che dicesse al poliziotto l'unica parola che le aveva mai sentito dire.

E invece lei si puntò un dito sulla guancia, come a dire «che buono», e poi fece un sorriso alla Marlon Brando.

Il poliziotto si sciolse: «Bambini. Io ne ho quattro. Che cosa meravigliosa. Lei quanti ne ha?»

«So-solo questa qui» balbettò Smilzo.

«Ma c'è tempo per farne altri» ammiccò il poliziotto, dandogli una pacca sulla spalla, «datevi da fare, lei e sua moglie.»

«Certo.»

«Come ti chiami piccolina?» chiese il poliziotto chinandosi verso la bambina.

Lei si concentrò, con la sinistra si grattò la testa, e poi cominciò a rispondere: «F-fa-f-fa...»

«Fausta!» disse precipitosamente Smilzo, interrompendo il farfugliamento della piccola.

«Fausta? Un bel nome...» considerò il poliziotto.

«Grazie.»

«Be' ora torno al lavoro. Lei stia più attento la prossima volta però. Va bene?»

«Va benissimo.»

«Ciao Fausta. Buona giornata.»

Il poliziotto si toccò il berretto in segno di saluto, preparandosi a tornare dai suoi colleghi.

Smilzo non poté trattenersi. «Scusi, agente, ma... è successo qualcosa?»

«Dove?»

«Lì» indicò l'autopattuglia davanti alla comunità.

Il poliziotto abbassò la voce fin quasi a un sussurro per non farsi sentire dalla bambina: «Un morto».

«Oddìo.»

«Sì.»

Smilzo sentì la terra sotto i piedi sfaldarsi come sabbia.

Sono arrivati fino lì, pensò. Le forze del male che ci inseguono ci hanno preceduto. Mi hanno letto nel pensiero e hanno capito che volevo rifugiarmi nella comunità. Però non può essere, come sarebbe mai possibile, non avevo le idee chiare nemmeno io. Non ce le ho mai chiare. Deve essere una coincidenza. Un filo di speranza si fece strada nei suoi pensieri, la speranza che si trattasse di un caso fortuito, uno scherzo del Fato.

« Una rissa tra senza tetto... » ipotizzò a bassa voce.

« No, no... » disse il poliziotto.

« No? E... cosa? »

Il poliziotto si avvicinò ancora di più e gli sussurrò all'orecchio: « Un prete ».

« Capperi capperi capperi » si sentì dire Smilzo suo malgrado.

« Ma pure di più » convenne il poliziotto, partecipe dello sgomento dell'altro, e continuò a infierire, abbassando ancora di più la voce, ridotta a un specie di ronzio: « ...Quando si arriva ai preti, come morti ammazzati dico, allora vuol dire che siamo arrivati alle fosse di Minosse ».

Le fosse di Minosse? Di che parla?

L'ingresso dell'Inferno, pensò Smilzo, quindi siamo solo all'inizio. Chissà quale bolgia ci aspetta. Niente comunità, a questo punto, nemmeno a parlarne.

21

« Bella di casa, ce lo vuoi il cacao sul latte caldo? »

Senza aspettare risposta il barista scosse il piccolo contenitore e la nuvola di polvere di cacao si posò sulla schiuma bianca.

La bambina osservava ogni movimento con la solita attenzione seria, degna di miglior causa, pensò Smilzo, mentre versava il contenuto della bustina di zucchero nel proprio caffè.

Eccoci qua, due disgraziati di nuovo in fuga non si sa da cosa, non si sa da chi, né tanto meno si sa perché.

Era entrato nel bar, l'unico aperto a quell'ora presto, come un rifugiato politico entra in un avamposto dell'Onu. Qui danno il caffè ma danno anche asilo, se non altro per pura indifferenza. Chi ci conosce qui? Chi ci vuole male? Nessuno. Era un baretto sciatto, di quei pochi rimasti a Roma, col padrone-cameriere-tuttofare che stava in cassa, serviva ai tavoli, due di numero, e preparava il caffè. Niente gastronomie, happy hour o cose strane, solo un buchetto di bar da caffè al volo, per passanti frettolosi e stanchi. Un residuato anni cinquanta senza futuro, con la vetrina incorniciata di alluminio anodizzato color oro e tre cornetti sotto una campana di vetro che in passato doveva aver protetto qualche statuetta di san Giuseppe.

Si erano seduti al tavolino, unici clienti. La bambina spuntava a malapena col naso sul ripiano in formica grigia, sembrava un vietcong appostato.

Le mancano solo le foglie mimetizzate in testa e poi è completa, pensò Smilzo. Ma fu un pensiero come le fusa di un gatto, pacifico, domestico.

Mi sto affezionando. Eh no. Niente da fare, non me lo posso permettere. Mica sono il padre. Anzi tra poco ci separiamo e amen. Adesso devo solo riflettere su come risolvere la faccenda.

Ecco perché erano entrati nel bar. Un attimo di pausa ci voleva, anche solo per raccogliere le idee, per cominciare a contare i morti che si lasciavano dietro.

Col prete siamo a due, contò Smilzo, inclusa la tizia coi capelli strani del supermercato. Sarà stata la madre? Non era detto.

Poi ci penso, intanto faccio fare colazione alla bambina.

In tasca aveva ancora qualche soldo e non voleva sapere cosa sarebbe successo quando fossero finiti.

Il barista era rimasto chino sul tavolo, con un sorriso paterno, in attesa di un cenno di gradimento da parte della bambina.

Lei non lo guardò neppure, prese il cucchiaino alla sua maniera impugnandolo come un kris malese, e cominciò a girare la schiuma del latte chiazzata di cacao.

«Grazie tante» disse Smilzo al barista, per gentilezza ma soprattutto per congedarlo.

«Dovere» rispose quello, e se ne andò.

Dovere, chi lo diceva più ormai? Un gentiluomo vecchio stampo, questo barista, in un altro tempo e un'altra vita gli avrebbe dato una mancia favolosa, tipo Alì Babà.

Vide che sul tavolino c'era anche una copia del quotidiano del giorno, bello pronto per i clienti. Che finezza, proprio come a Vienna, pensò Smilzo, assalito per un attimo dal ricordo di un sé lontanissimo, seduto in un caffè vagamente belle époque poco prima di cominciare una giornata di affari e riunioni finanziarie. E sul tavolino di legno lucido c'era il quotidiano del giorno, teso da una stecca di legno che ne facilitava la lettura. E una fetta di Sacher da un lato e un caffè dall'altro.

Passò un pezzo di brioche alla bambina che cominciò a mangiare, continuando a trafficare con la schiuma del latte. Quindi si mise a leggere il giornale, provando un'ebbrezza dimenticata, l'euforia delle notizie dal mondo, quello vero.

Gli venne subito un colpo. In prima pagina, fra una crisi finanziaria e una guerra in Medio Oriente c'era un trafiletto dal titolo RAPINA AL SUPERMARKET – DONNA MUORE DI PAURA – FORSE RAPITA BAMBINA – UOMO ALL'OSPEDALE.

Cercò freneticamente l'articolo all'interno. Era in cronaca cittadina e riportava poco più di quanto scritto in prima pagina. «Una rapina al Supermarket di via Mordini ha fruttato poche banconote al rapinatore sconosciuto che è riuscito a fuggire. Una donna ancora da identificare è morta, forse per un attacco cardiaco. Un uomo è all'ospedale con trauma cranico. Stava portando in salvo una bambina di circa due-tre anni, afferma, quando è stato aggredito da un malvivente che lo ha messo ko e ha rapito la piccola, fuggendo indisturbato. Purtroppo le telecamere di sorveglianza dell'esercizio commerciale erano tutte fuori uso, meno una, che ha ripreso l'individuo sospetto da dietro. Ciò al momento ha impedito un'identificazione del criminale. La polizia indaga.» L'articolo era corredato da una foto ricavata dai nastri di sorveglianza in cui si vedeva Smilzo di spalle portare per mano la bambina. Per fortuna è tutto sfocato, rifiatò Smilzo, non mi riconoscerebbe nemmeno mia madre, se fosse ancora viva.

Adesso non era inseguito solo dai criminali pazzi che sparavano non si sa perché, ma anche dalla polizia. Aveva davvero bisogno di aiuto, doveva telefonare a qualcuno, recuperare qualche contatto dal passato.

«Può prestarmi l'elenco del telefono?» chiese, arrotolando il giornale intorno alla stecca di legno per nascondere l'articolo.

Il barista smise di strofinare il bancone e lo guardò incuriosito. «L'elenco del telefono? L'ultimo mi sa che l'hanno stampato in cuneiforme.»

«Come, scusi?»

«Non li fanno più gli elenchi. C'è internet.»

«Ah, internet» ripeté Smilzo.

«C'è una postazione sull'altro tavolino. Un euro, un quarto d'ora.»

Si rese conto che cinque anni lontano dal mondo avevano cambiato molte cose. Comunque in pochi istanti riprese la mano alla tastiera e al mouse, dopo due minuti aveva trovato il numero di Veronica. «Senta, dov'è il telefono?»

«Quale telefono?»

«Quello pubblico del locale.»

«Lo sa che lei è strano forte? Da quel dì che i telefoni pubblici sono spariti. Insieme agli elenchi, più o meno.»

«E io come faccio a telefonare?»

«E che ne so io.»

Smilzo restò in silenzio, soverchiato dall'impotenza.

«Oggi un cellulare ce l'hanno tutti» commentò il barista, mettendosi a sciacquare tazzine.

«Quindi anche lei.»

Il barista lo guardò senza rispondere, continuando a sciacquare.

«Me lo presta il suo, per favore?» chiese Smilzo.

Il barista scosse il capo e sentenziò: «Non si prestano certe cose».

Il barista tirchio mi doveva capitare, pensò Smilzo.

«Ho proprio bisogno di telefonare» riuscì a dire stolidamente. L'altro lo ignorò.

«È questione di vita o di morte.»

«Come no. Lo diceva sempre anche Humphrey Bogart.»

«Questa bambina potrebbe restare sola al mondo.»

Il barista si asciugò le mani con lo strofinaccio, fece il giro del bancone e gli disse: «Vieni».

Smilzo lo seguì verso il retrobottega, portandosi dietro la piccola.

Entrarono in una stanzetta stipata di scatoloni di merendine, pacchi di caffè, confezioni di zucchero e svariate cianfrusaglie.

Il barista aprì un cassetto semisepolto nel mucchio di oggetti e fece cenno a Smilzo: «Scegli».

Nel cassetto c'erano telefonini, accendini, penne, chiavi, portacipria, portafogli, una videocamera, un paio di coltelli a serramanico. E una pistola.

«I telefonini, dieci euro. Funzionanti garantiti.»

«Sono rubati.»

«No, me li mandano direttamente dalla Corea in via privilegiata perché sono bello.»

«Sei un ricettatore. Sono rubati» ripeté Smilzo scioccamente.

«Ma allora sei fissato. Ti dico di no, sono caduti da un camion che transitava qui davanti. Comunque non importa, se non lo vuoi amici come prima, torniamo di là.»

Il barista chiuse il cassetto.

«No, aspetta. Lo prendo.»

Il barista riaprì il cassetto «Quale vuoi?»

«Quello che funziona.»

Il barista ne prese uno tutto nero. «Tieni, questo è roba forte.»

Smilzo lo prese in mano, sembra il monolito di *Odissea nello spazio*, pensò. «Ma... la tastiera? E lo schermo?»

L'altro lo guardò con occhio esperto. «Quanto ti sei fatto?»

«Di che?»

«Di galera.»

«Che c'entra?»

«C'entra che non capisci niente di telefonini, quindi: o vieni dalle caverne, o da Marte, oppure sei stato in galera. Non si scappa.»

«Vengo da Marte.»

«Okay. Qui basta che tocchi, fa tutto lui. Sono venti euro.»

«Come venti? Avevi detto dieci.»

«Dieci il telefono e dieci la sim, anonima e garantita.»

«Non ce l'ho dieci per la sim» disse Smilzo.

«E allora il telefono lo usi come soprammobile.»

In quel momento la bambina lo tirò per i calzoni.

In mano aveva la sim che aveva recuperato dal vecchio cellulare e che aveva solo fatto finta di buttare via.

La mostrava a Smilzo sventolandola fra due ditini.

Il barista fece un'espressione di apprezzamento: «Mi sa che tua figlia ti dà le piste».

22

L'ufficio del prete era una stanza senza pretese, con una scrivania scrostata e due sedie scompagnate.

«È suo questo?» domandò il commissario mostrando un cartoncino protetto da una busta di plastica trasparente.

«È della Comunità, sì» rispose don Pietro, osservando il biglietto da visita.

«Come mai era in tasca a un morto ammazzato travestito da prete trovato sull'argine del Tevere?»

«Non lo so.»

«E lei il morto non l'ha mai visto» chiosò Curreri, battendo con l'indice sulla foto che teneva a dieci centimetri dalla faccia del sacerdote.

«Mai.»

«Ma due più due fa quattro.»

Appena l'ebbe detto capì perché Lucentis lo chiamava «caro» con quel tono bonario e caritatevole: perché diceva cose ridondanti, inutili e prive di senso.

«Lei capisce che non mi posso accontentare dei suoi non-ricordo, non-so. Il biglietto da visita è un indizio preciso. Se a lei non viene in mente proprio nulla allora dovrò interrogare il personale e anche gli ospiti della comunità.»

Don Pietro non sembrò preoccupato, anzi accondiscese con un gesto del capo.

« Ma certo, faccia come fosse a casa sua. »

Tanta disponibilità indispettì il commissario. Soprattutto perché si trovò costretto a dare seguito alla minaccia.

23

Smilzo compose il numero e accostò il telefono all'orecchio. Era agitato. Dopo due squilli lei rispose.

«Pronto?»

«Sì?»

La voce di Veronica era identica a come la ricordava: impaziente, cortese, gelida.

«Veronica...» riuscì a dire lui con un filo di voce, sopraffatto dall'emozione.

«Chi è?» un velo di sospetto nella voce di lei.

«Sono io.»

Smilzo si accorse che non riusciva a dire il proprio nome, come se non gli appartenesse più.

Lei non parlò subito. Nel silenzio si poteva sentire il suo respiro leggero e quasi vedere il lavorio dei suoi pensieri.

«Non ci posso credere» disse infine, a mezza voce.

Lui rimase zitto, sommerso da un turbinio di ricordi, sensazioni.

«Non ci posso credere» ripeté lei, con maggior durezza.

Devo parlare, si disse Smilzo, se c'è qualcuno che può aiutarmi è lei. Devo riuscire a farle capire quanto sono disperato.

«Veronica, ascolta.»

«Pensavo fossi morto.»

«No, io ancora non...»

«E invece sei ancora vivo.»

«Mi dispiace.»

«Un po' tardi, non ti pare?»

«So che è tanto che non ci sentiamo ma sei l'unica persona che...»

«Niente da fare.»

«Cosa?»

«Non ho soldi da darti.»

«Non voglio soldi.»

«Certo...»

«Non c'entrano i soldi, davvero...»

«I soldi c'entrano sempre, e dovresti saperlo molto bene, visto quello che hai combinato.»

«Sì lo so, ma adesso c'è un problema.»

«Ma pensa tu che strano.»

«Un problema enorme.»

«Non mi interessa.»

«Ti scongiuro, Vero.»

«Non ti ci provare a chiamarmi Vero, mai più.»

«Hai ragione, acqua passata. Però ascolta, è una cosa importante, stammi a sentire due minuti. C'è una bambina...»

«Complimenti...»

«Che hai capito, non è la mia bambina, cioè ce l'ho io ma non è mia, capisci? E non so nemmeno di chi è, a dire la verità. Me la sono ritrovata appiccicata addosso al supermarket, dopo la rapina. Però devo sistemarla, perché qualcuno ci vuole uccidere, non so cosa ci sia dietro tutto questo, ma intanto che lo scopro, per favore, potresti tenere tu la bambina? Guarda è un amore, appena la vedi vorresti che fosse tua figlia, non parla nemmeno tanto, quasi per niente...»

Si rese conto che Veronica non lo interrompeva più. Anzi non era proprio più in linea, aveva riattaccato.

Rifece il numero ma Veronica risultava irraggiungibile.

Provò altre due o tre volte, poi smise.

24

La quieta aria dell'ora di pranzo ai giardinetti, frastagliata dalle ombre degli alberi. C'erano pini, allori, querce e anche due cipressi. Il profumo lieve della resina riusciva coprire, a tratti, l'odore amaro del traffico. «Che bello» disse a Picchio il professore, «siamo proprio fortunati a vivere in questo bel quartiere.»

«Parla col cane?»

Sulla panchina di fronte alla sua, era seduta una ragazza. Stava mangiando un panino e indossava un camice rosso da lavoro.

Il professore le sorrise, restando in silenzio. Che cosa poteva rispondere, sì parlo col cane e allora?

La ragazza spezzò un pezzetto di pane e lo offrì al chihuahua. «Ehi... hai fame?»

«Si chiama Picchio.»

Il cane guardò interrogativamente i due, poi si avvicinò cautamente al boccone di pane, lo sfilò dalla mano della ragazza e corse a seppellirlo sotto l'alloro.

«Fine pausa pranzo» annunciò quindi la ragazza, alzandosi, «... torno al lavoro...»

Anche il professore si alzò, e accennò un piccolo inchino di saluto.

In quel momento Picchio si mise ad abbaiare furiosamente.

«Ha trovato qualcosa» disse il professore. «Sarà meglio andare a vedere di che si tratta.»

«Io scappo, arrivederci» la ragazza fece un piccolo gesto di saluto con la mano e si allontanò.

Il professore guardò di nuovo il brandello di cartone sporco e slabbrato.

Ci erano voluti cinque minuti buoni per riuscire a strapparlo dai denti del cane, che adesso se ne stava seduto offeso a guardare il nulla davanti a sé.

«È solo un pezzo di contenitore per pizza» si giustificò il professore, «...ma la pizza non c'è più, è rimasto solo l'odore. Non ti ho defraudato di niente.»

Il cane gli dette le spalle e si mise a fissare la corteccia di un albero.

Il professore scrollò la testa sospirando e si avviò verso il contenitore dei rifiuti, per gettare via il cartone. Era una persona educata, lui.

Il cestino era ricolmo di cartacce, lattine, e spuntava anche il manico di un ombrello. I rifiuti caduti si ammucchiavano in terra tutto intorno.

Questa città si sta suicidando lentamente, pensò il professore osservando la scena. Poi guardò verso il cestino successivo, lontano una ventina di metri, che era anche peggio, una minidiscarica, e una compagnia di cornacchie stava completando l'opera spargendo le schifezze in giro.

Fu tentato di gettare via il pezzo di cartone, in mezzo al resto delle cartacce, a terra. Che differenza avrebbe fatto? Il decoro della città ne avrebbe risentito? Certo che no. Solo il suo proprio decoro intimo ne sarebbe rimasto ferito. Prese il cartone e se lo mise in tasca. Lo avrebbe gettato nel primo cassonetto utile, lungo la strada di casa.

25

Il terminal dell'aeroporto era pieno di gente che vagava a gruppi in cerca dei propri bagagli.

Brandt con la sua valigetta ventiquattrore era rapidamente uscito lasciando gli altri a sbracciarsi attorno ai nastri mobili dei bagagli.

Fuori l'autista l'aspettava e si affrettò ad aprirgli la portiera con un mezzo inchino.

Brandt non sopportava i salamelecchi, ma sapeva che erano l'unica vera barriera tra lui e la corte dei miracoli che gli pullulava intorno, tutti pronti a chiedere a volere a pretendere, col piattino in mano e l'odio nel cuore.

Sapeva benissimo di essere detestato e che molti si auguravano la sua morte.

Ma avevano bisogno di lui, della sua capacità di creare ricchezza, di moltiplicare i pani e i pesci dei soldi investiti nelle manovre più spericolate. Nessuno dei suoi clienti voleva sapere da dove venissero quei guadagni, e quanto costassero agli altri. Lui diceva che il denaro genera altro denaro, ma sapeva troppo bene che il denaro non si moltiplica ma, semplicemente, si sposta. E chi era ricco oggi, il giorno dopo si trovava miserabile.

L'avvocato guardava fuori del finestrino le assurde bandiere ai lati dell'autostrada che portava dall'aeroporto alla città. Vessilli dell'Unione Europea e della società autostrade, intervallate sfacciatamente. Come se un logo aziendale, peraltro grossolano, rappresentante chissà cosa (a prima vista sembrava una specie di volatile giallo accovacciato in campo blu), ebbene era come se quel pollame da cortile si sentisse autorizzato a garrire al vento accanto all'emblema di un'aspirazione politica alta, come l'unione di stati della vecchia Europa.

Ma tutto andava a scatafascio, anche l'Europa, e quindi perché non sventolare insieme qualsiasi cosa?

Se non trovo la bambina sono fottuto, pensò.

« Andiamo a casa? » chiese l'autista.

« No, alla clinica. »

26

Visto da lì, il giardino sembrava un piccolo paradiso.

C'era una palma altissima proprio davanti alla sua finestra. Chissà chi l'aveva piantata, chissà quando, forse un milione di anni fa. Ne conosceva ogni centimetro, aveva contato e ricontato tutte le striature verdi delle enormi foglie e quelle ocra del tronco. Era da tanto tempo che le contava, non sapeva più nemmeno quanto.

La donna stava seduta davanti alle imposte spalancate e guardava davanti a sé. L'aria fresca arrivava attraverso l'imponente grata che prendeva tutta la luce della finestra.

Se ne stava immobile mentre, in un incessante mormorio, contava meccanicamente gli snodi della struttura in ferro battuto che aveva davanti e che le impediva di ritrovare la libertà.

Erano sessantatré giunti intersecati uno all'altro, e quel numero dispari, che immancabilmente segnava la fine della conta, le pareva incongruo, oltre a non ricordarle nulla, se non il lento dissolversi di ogni speranza.

Di solito le strutture architettoniche hanno un impianto simmetrico, regolare, e quindi i giunti dovrebbero essere in numero pari, pensò, forse ho sbagliato a contare, anzi è così sicuramente, il mondo è corretto, se c'è un errore non può essere che mio. Devo controllare.

Stava per ricominciare a contare quando bussarono alla porta.

Sentì il pezzo di ghiaccio che aveva al posto del cuore incrinarsi come la superficie di un lago gelato. Aleksandr Nevskij, pensò. Che parole strane, ma se solo potessi correre su quel lago e sentire la crosta sottile spaccarsi sotto i miei piedi, aprirsi fino a farmi cadere giù nelle gelide acque e morire, finalmente.

Poi la chiave girò nella serratura e qualcuno entrò. Sentì la porta richiudersi.

«Ciao, Anna, come stai?» la voce del diavolo, alle sue spalle, era bassa, insinuante.

La donna si irrigidì per la paura ma continuò a guardare davanti a sé, come se non avesse sentito nulla.

«Uno, due, tre, quattro...» cominciò a contare, prima in un sussurro, poi sempre più velocemente e a voce sempre più alta «... otto nove dieci undici...» stava urlando, ormai.

«Basta!» disse il diavolo.

La donna tacque all'istante. Solo le dita continuavano a contare, picchiettando sui braccioli della poltrona su cui era seduta.

Poi il diavolo si avvicinò, parlando ora con quella sua voce velenosa. «Hai già preso la medicina?»

Lei aveva paura di voltarsi, e di vedere che faccia aveva oggi Satana. Ogni giorno si presentava con un volto differente. Poteva essere sia uomo che donna. Si manifestava in forme diverse per metterla alla prova e piegarla.

Oggi il diavolo era femmina. Aveva i capelli neri raccolti sotto una cuffietta azzurra da infermiera, e indossava un camice bianco. E sorrideva. Sorrideva sempre, per confonderla e raggirarla.

«Ecco la medicina» le disse, con quella finta bonomia che conosceva così bene e che nascondeva la malvagità e la cattiveria più profonde. Poi, il diavolo femmina poggiò il piccolo vassoio sul comodino e versò il contenuto di una bustina nel bicchiere colmo d'acqua. La polvere bianca si sciolse in un attimo e il liquido tornò limpido e trasparente, come appena sgorgato da una sorgente.

«Bevi, tesoro» le disse.

Aveva provato mille volte a non bere, a sputare il veleno, a serrare la bocca. Ma non c'era niente da fare. Arrivavano i diavoli dalle altre bolge e tutti insieme la immobilizzavano e la costringevano a ingoiare la pozione velenosa.

Dopo il veleno veniva la morte. Non la morte del corpo, ma dei pensieri. Non riusciva nemmeno più a contare le striature della palma, né si ricordava quanti fossero gli snodi della grata. Non ricordava più nulla di sé e moriva, come un essere dimenticato.

In fondo è quello che voglio, morire, si diceva, ma non di questa morte apparente e momentanea, di questo oblio da cui si risvegliava ogni volta più spaventata, più perduta, più sola.

La morte è morte perché non muore mai, è eterna, e i diavoli invece mi torturano con le loro piccole morti transitorie.

«Anna?»

Perché mi chiama Anna questo essere orrendo e malvagio?

«Cara, bevi la medicina. Sai che se salti la dose poi ti senti male, il dottore si arrabbia e...»

E cosa? si chiese.

«E poi ti dobbiamo legare al letto. Ti ricordi? e a te non piace stare legata. Non piace a nessuno.»

Continuando a guardare fuori, verso il verde del giardino, lei chiese, con un filo di voce: «Posso contare, se sono legata?»

Il diavolo si frappose fra lei e la finestra, oscurando il sole che tramontava e le grandi foglie della palma. Stringeva il bicchierino con la medicina nella destra e sorrideva. «Poverina» disse, scuotendo il capo con compassione.

Poi con la sinistra le sollevò il mento. «Bevi» ordinò.

«Perché?»

Il diavolo femmina ora sembrava un po' annoiato e rispose meccanicamente. «Perché così guarisci e torni da tua figlia.»

Figlia? Sentì un lampo rovente attraversarle la testa.

27

Il professore si tolse la giacca e l'appese al vecchio attaccapanni stile thonet che era appartenuto a suo padre e forse anche a suo nonno.

Rientrare a casa gli faceva sempre piacere, provava un senso di sicurezza antico.

Qui, se perdo completamente la memoria, almeno fino al bagno ci arrivo, pensò.

Era una casetta carina. C'erano venuti a stare con Lilla subito dopo il matrimonio e ci avevano passato insieme cinquant'anni. Sul corridoio si aprivano le porte del soggiorno, della cucina, del bagno e delle due camere. Che vuoi di più per uno che vive da solo?

La casa sembrava anche più grande, da quando Lilla non c'era più.

Tutto avevano condiviso, e quando lei era mancata all'improvviso – una mattina semplicemente non si era svegliata – lui aveva sentito uno smarrimento, un senso di sorpresa inaspettato e soverchiante. Ne era rimasto disorientato, incapace di accettare fino in fondo la morte della moglie. Poi, col tempo, aveva ripreso lentamente a respirare, dormire, nutrirsi, camminare.

Cercava di non pensare mai a lei, alla dolcezza del passato comune, dei luminosi giorni di gioventù e di quelli quieti della vecchiaia. Chissà dov'era adesso Lilla, se c'era ancora qualcosa di lei nell'universo, oltre il proprio cuore che la conteneva ancora tutta intera.

Uscì dai suoi pensieri quando si accorse che nella tasca della giacca c'era qualcosa.

Si ritrovò tra le mani il pezzo di cartone da pizza trovato da Picchio. Si era dimenticato di buttarlo nei cassonetti lungo la strada.

Che testa che ho, si disse, deve essere proprio l'Alzheimer che avanza, mi dimentico tutto.

Ai suoi piedi, il cane lo guardava interrogativo, a orecchie dritte, puntando al cartone.

«Niente da fare, bello. Questa roba non si mangia, ora lo buttiamo nella spazzatura.»

Picchio starnutì, come faceva sempre quando era contrariato.

«Ti puoi anche far venire le convulsioni, non mi commuovi» disse il professore e lasciò lì il cane, a sbadigliare fra uno starnuto e l'altro.

Piano piano andò in cucina. Doveva mettere il cartone nella differenziata per la carta? Alla fine decise di no, troppo unto. Mesi prima il sindaco gli aveva mandato una lettera dettagliata al millesimo su come si dovevano differenziare i rifiuti. «Caro concittadino» gli aveva scritto, «tieni pulita la tua città.» Come dire di no al sindaco? E così il professore seguiva le regole alla virgola, anche se la città era sempre sepolta di immondizia.

Forse gli altri concittadini hanno preso i suggerimenti del sindaco un po' sottogamba, pensò.

Allargò i bordi del sacchetto del supermercato che usava per la spazzatura generica e che teneva appeso alla maniglia della porta. Stava per gettare il pezzo di cartone quando si accorse che sopra c'era scarabocchiato qualcosa, a mano.

Inforcò gli occhiali e lesse: «*Professore ho bisogno di aiuto mi metto in contatto io*». Ma che roba è? Si chiese. «Lo dicevo io che c'era qualcosa di strano...» commentò Picchio, dietro di lui.

28

La clinica Alma Pax era stata costruita alla fine dell'Ottocento come residenza di famiglia, da un nucleo di nuovi cittadini, magistrati piemontesi stabilitisi in città poco dopo l'unificazione. Si trovava in una delle vie più tranquille dei Parioli, circondata da altre ville fin de siècle, e si confondeva con quelle, nella sua architettura dalle linee semplici e schive.

L'autista entrò direttamente dal cancello principale. Il guardiano si affrettò a sollevare la sbarra e accogliere con un sorriso ossequioso l'imponente berlina dai vetri offuscati.

All'ingresso di Brandt nell'atrio marmoreo, la receptionist si precipitò ad accoglierlo.

« Avvocato, bentornato, cosa posso fare per lei? »

« Nulla. »

La risposta arrivò secca come uno schiaffo. La donna si ritrasse all'istante, chinando il capo, e tornò al suo posto dietro il bancone.

Brandt si avviò all'ascensore e salì all'ultimo piano, quello privato, dove i pazienti non erano ammessi.

Trovò il sorvegliante seduto alla sua postazione. Era uno nuovo, mai visto prima, enorme.

L'uomo si alzò e si frappose fra lui e il lungo corridoio. « Mi dispiace, qui non può passare, devo chiederle di tornare giù all'ingresso » disse, cortese ma netto.

Brandt rimase soddisfatto della determinazione del sorvegliante, che si stava guadagnando con scrupolo lo stipendio, ma si sentì anche infastidito per non essere stato riconosciuto. Era il padrone, lui, non un intruso qualunque.

In quel momento squillò l'interfono a parete.

L'omone rispose, e la sua espressione cambiò. Riattaccò velocemente e si profuse in un inchino esagerato: «Mi scusi avvocato, mi hanno avvertito adesso dalla portineria... ho preso servizio solo ieri, ancora non conosco tutti... mi scusi».

Brandt lo congedò con un cenno della mano. Mentre il sorvegliante si faceva da parte, l'avvocato si avviò verso l'ultima porta, in fondo al corridoio.

Naturalmente non era il padrone, lui, ma in un certo senso era molto di più. Nella sua persona convergevano funzioni diverse, ma ugualmente potenti e assolute. Era amministratore delegato delle Società che facevano parte del gruppo, e soprattutto era il tutore dell'Incapace di intendere e di volere, erede dell'immenso patrimonio Buonconsiglio, e di conseguenza curatore unico dei beni ereditari.

Era stato il legale prima del Vecchio e poi di sua moglie, la Vedova Inconsolabile.

Quando pensava a quella stracciona, avventuriera pezzente, la cui unica dote era stata la giovinezza, l'avvocato Brandt continuava a chiedersi come potevano, uomini straordinari, costruttori di imperi economici mondiali come il vecchio pazzo Buonconsiglio, trasformarsi in molluschi invertebrati pronti a scodinzolare a ogni schioccare di dita di quegli avanzi di baraccopoli e favelas.

Bella, non c'era dubbio, e soprattutto mostruosamente più giovane del vecchio. Poteva essere la bisnipote. E il rimbambito se l'era sposata. Salvo schiattare di lì a pochi mesi, lasciandola incinta. Poi, fortuna delle fortune, neanche un anno dopo la nascita della figlia, era morta anche la vedova. Si era suicidata, la stracciona, lasciando un biglietto. «Non posso vivere senza il mio adorato marito. Prendetevi cura della mia bambina. Perdono.» Si era buttata dalla finestra dell'Hôtel de Paris a Montecarlo, rovinando la giornata a molti turisti. E così l'avvocato era diventato il tutore degli interessi dell'erede universale, Anna Buonconsiglio, la neonata più ricca del mondo.

Brandt scoppiò a ridere lì, nel corridoio, mentre camminava.

Il sorvegliante lo sentì ma fece finta di niente. Sono strani questi ricchi, pensò, avranno anche tanti soldi ma poi ridono da soli.

29

Suonarono alla porta e il cane si mise ad abbaiare come un forsennato, faceva sempre così quando sentiva il campanello.

Per fortuna che non viene mai nessuno, pensò il professore, avviandosi alla porta, frastornato dall'acuto latrare del chihuahua, altrimenti ci caccerebbero dal condominio.

« Zitto! » intimò a mezza voce sapendo che l'ordine sarebbe caduto nel vuoto. E invece Picchio tacque di botto, guardandolo con la testa mezza storta da una parte, come faceva quando non capiva bene la situazione.

« Sto facendo la guardia » disse infine, mettendo su l'espressione offesa.

« Nessuno te l'ha chiesto. E poi la guardia a cosa? In casa non c'è niente se non due pensionati rimbambiti come noi. »

Il cane si mise a fissare la porta, piccato.

Perché siamo in corridoio, si chiese il professore, che ci siamo venuti a fare?

Era preoccupato per i vuoti di memoria che facevano cucù nella sua testa nei momenti più disparati, lasciandolo confuso e anche un po' triste, perché in ognuno di quei vuoti vedeva perdersi pezzi della sua vita, come frammenti di stelle inghiottiti da un buco nero. La fisica, che cosa meravigliosa. Spesso ripensava ai giorni felici dell'insegnamento, quando l'emiciclo dell'aula universitaria era pieno di ragazzi dagli occhi attenti, assetati di sapere. E lui schiudeva loro le porte dell'infinito eden della conoscenza come un pastore all'alba schiude i cancelli dell'ovile agli armenti insonnoliti, per vederli correre impazienti, verso i pascoli lontani, sempre più lontani.

Oggi non potrei insegnare nemmeno la tabellina del nove, pensò, ho dimenticato tutto. Cioè tutto tutto no, ogni tanto mi compare davanti un'intera pioggia di strani simboli meravigliosi che scorrono come una cascata di acqua fresca e sfavillante. E misteriosa. Chissà se Einstein ha mai provato qualcosa del genere. Sempre a sapere chi era Einstein.

La dura realtà, intanto, era che non si ricordava nemmeno che cosa ci stesse facendo, in corridoio.

Quasi quasi mi preparo un caffè, si disse. Il caffè al momento giusto ti salva sempre in corner. E do anche un croccantino di quelli buoni a Picchio, perché mi pare offeso, chissà perché.

Stava tornando pian pianino verso la cucina quando suonarono di nuovo.

Ah, ecco cos'era, il campanello. Lascio stare il caffè e vado ad aprire prima che mi dimentico che hanno suonato, decise, abbastanza soddisfatto dei propri tempi di reazione.

Aprì la porta di casa. Nessuno in vista sul pianerottolo.

Rimase un attimo perplesso. «Ma hanno suonato sì o no?» chiese al cane.

Quello non lo degnò di uno sguardo, anzi continuò a fissare il muro, senza rispondere.

Altro che un croccantino, pensò il professore, qui per farlo ragionare gli dovrò dare un pezzetto di parmigiano.

«Va bene, ci siamo sbagliati» disse. Richiuse la porta e tornò verso la cucina. Il cane non lo seguì.

«Be', se vuoi qualcosa da mettere sotto i denti, bisogna che ti decidi a venire con me. Altrimenti salti lo spuntino e se ne riparla tra qualche ora» aggiunse, con fare vago.

In quel momento suonarono di nuovo alla porta.

Il professore si grattò la testa, incerto. «Io l'ho proprio sentito. E tu?»

Picchio smise di fissare la parete e si voltò a guardare il suo padrone con aria rassegnata. «Vuoi aprire o no» disse infine.

«Okay.»

A volte mi domando chi comanda in questa casa, si chiese il professore, tornando alla porta.

Aprì, non c'era nessuno. Guardò fuori: il pianerottolo era deserto.

«Forse c'è un contatto nei fili del campanello» borbottò.

«Forse c'è un contatto nei fili del *tuo* cervello» disse il cane.

In quel momento si sentì un sibilo sommesso.

«Pssss...»

Picchio raddrizzò le orecchie e puntò dritto giù per le scale.

«Vieni subito a casa» ordinò il professore, ma intanto il cane era sparito.

«Pssss...» di nuovo il sibilo.

«Ma chi è?» chiese il professore, non vedendo nessuno.

Ogni tanto i nipotini della signora Possanza del secondo piano facevano qualche scherzo, magari erano loro, nascosti dietro la balaustra al piano di sopra. Anzi sicuramente erano loro.

«Se vi prendo sul fatto vi porto dai carabinieri!» minacciò il professore parlando genericamente verso le scale.

Poi rientrò, sbattendosi la porta alle spalle.

Sentì il peso dell'età. Il fatto che qualcuno si prendesse gioco di lui solo perché era anziano, e anche un po' rimbambito, lo avviliva profondamente. Se sapessero che ho insegnato fisica anche in America, che Lilla, la ragazza più bella del mondo, mi ha amato per tutta la vita, che da giovane suonavo la chitarra meglio di

Django Reinhardt, che vedo la primavera nel pulviscolo del sole quando per gli altri è ancora inverno. Ma quelli che sapevano queste cose di lui erano tutti morti, ormai. Lui era l'ultimo dinosauro sopravvissuto.

Ora mi preparo il caffè e poi mi metto a fare il cruciverba, decise, per tirarsi su.

In quel momento suonò di nuovo il campanello.

«Adesso basta. Gliela faccio vedere io, a quei delinquenti in fasce...»

Tornò alla porta, l'aprì e rimase sorpreso a guardare.

Sulla soglia era schierato il trio di gente più strano mai visto.

Un giovane magro alto quasi due metri, vestito da barbone, teneva per mano una bambina piccolissima e rotondetta che a sua volta aveva accanto un cane microscopico preciso identico a Picchio. Erano disposti ad altezza scalare, e tutti e tre lo guardavano fisso, con tre paia di occhi sgranati.

«Sì?» disse, lievemente intimidito.

«Salve professore» salutò educatamente il giovane allampanato.

«Salve.»

«Ecco, mi stavo chiedendo se aveva letto il mio messaggio.»

L'anziano insegnante vide l'angoscia negli occhi del giovane e sentì un moto di viva solidarietà verso di lui. «Oh ma sicuro» rispose, pur non sapendo minimamente a cosa quello si riferisse.

«Meno male, grazie, almeno lei mi capisce, vede come siamo ridotti, sono due o tre giorni, guardi ho perso perfino il conto, che scappiamo. Sono allo stremo, non so più dove sbattere la testa.»

Quel cane è identico a Picchio, rifletteva il professore, nel frattempo, continuando a fingere sommo interesse per le parole del tipo alto, che seguitava a parlare velocemente, come per paura di essere interrotto da un momento all'altro o addirittura di vedersi sbattere la porta in faccia.

«Vede, la bambina è molto stanca, non abbiamo dove dormire, ci serve un posto sicuro. Abbiamo camminato continuamente, ci siamo spostati a zig-zag per far perdere le nostre tracce... Un po' qui un po' là. Capisce?»

«A zig-zag, certo.» Cercava di venirgli incontro perché nell'insieme lo trovava simpatico.

«Bisogna sempre spostarsi» insisté quello.

«Naturalmente.»

«Non si può stare fermi nello stesso posto.»

«Suonatori ambulanti?» ipotizzò, interessato, il professore.

«No, fuggitivi.»

«Ah, ecco.»

In quel momento il cane microscopico ruppe la simmetria del trio a scalare, staccandosi dal gruppo e fece per entrare in casa.

Subito il professore gli sbarrò la strada mettendo un piede di traverso. «Eh, no, caro mio, qui un cane già c'è, tu non puoi entrare, mi dispiace molto.»

Il cane lo guardò da sotto in su, piuttosto risentito, poi sbottò: «Sono io, cretino».

Il professore rimase sbalordito. «Picchio? Che ci fai lì?»

«Mi hai chiuso fuori. Se non c'erano questi due a suonare il campanello mi trasferivo dal notaio al primo piano, che mi fa gli occhi dolci da un bel po' e mi dà anche i croccantini lusso.»

«I croccantini lusso? E quando?» chiese il professore sentendosi tradito dal suo migliore amico.

«Di nascosto.»

«Venduto.»

«Tirchio.»

«Si può sapere chi sono questi due che hai portato a casa?»

«E che ne so, stavano per le scale. Leva quel piede e fammi entrare.»

Il cane sgattaiolò dentro.

Il professore guardò i due strani tipi davanti a lui. «Siete testimoni di Geova?»

«No, magari» si affrettò a dire lo spilungone.

«Non è difficile diventare testimoni di Geova, quelli vanno cercando adepti a più non posso.»

«Al momento abbiamo altre priorità.»

«Folletto?» chiese l'anziano, sospettoso.

«No, giuro, siamo solo dei disperati. Rovinati. Se non ci fa entrare ci possono anche sparare. Lo hanno già fatto. Lei è l'ultima spiaggia, soprattutto per questa bambina.»

Il professore guardò la piccola con un sorriso. «Molto carina. È sua figlia?»

«Una specie. Senta professore non si ricorda proprio di me?»

«Ma certo. Perfettamente. Chi è lei?»

«Ho fatto Elementi di Fisica nell'Economia reale, con lei, anni fa, all'università. Si ricorda? Mi chiamavano tutti Smilzo.»

«Abbiamo studiato insieme?»

«Sì.»

Il professore restò perplesso. «Io però dovevo essere fuori corso.»

«No, lei era il professore e io l'allievo. Certo eravamo in tanti, ma mi diceva sempre che ero il migliore. Se mi fa entrare le spiego tutto. A cominciare dal messaggio che le ho scritto.»

«Quale messaggio?»

«Quello sul cartone della pizza.»

30

L'avvocato entrò silenziosamente. La stanza era in penombra e Anna dormiva.

Si chiuse la porta alle spalle e rimase immobile. Come ogni volta che era lì, sentì farsi strada in lui una punta di soddisfazione, mentre si guardava intorno. La stanza era bella, ampia. Lui era stato attento a che fosse sistemata al meglio, sembrava la suite di un qualche grande albergo di altri tempi. Si sentì molto generoso.

Si avvicinò silenziosamente alla finestra spalancata. La vista sul giardino era superba. Certo, c'era quell'inferriata di mezzo, ma la sicurezza veniva prima di tutto. La donna era fragile e non padrona di se stessa.

Potrebbe buttarsi di sotto da un momento all'altro, come quella sciagurata di sua madre, si disse, in un empito di pietà che lo consolò non poco, rivalutando il proprio senso di umana misericordia. E poi i riquadri della grata erano larghi abbastanza per infilarci addirittura una mano. Forse.

Aveva tutto questa donna. Cosa voleva di più?

E soprattutto, cosa si pretendeva da lui, più di quanto non avesse e non stesse facendo finora? Aveva tenuto insieme l'impero malgrado l'assalto dei barbari. Le orde dei visigoti, degli ostrogoti, degli unni erano state niente in confronto alle guerre di espansione dei cani affamati ululanti che aveva dovuto fronteggiare a difesa del patrimonio. E vincere.

Si avvicinò al letto e si chinò a guardare il viso della donna. Era bella, e serena. Sembra Ilaria del Carretto, pensò Brandt, in un soprassalto di vaghi ricordi scolastici giovanili. Marmorea come quella, ma viva, questa. Ancora.

Questi nuovi farmaci sono una panacea, si disse, soddisfatto, la ricerca fa passi da gigante, per fortuna.

Così quieta e tranquilla gli ricordava la ragazzina che era stata; un affarino silenzioso e triste, che non aveva mai dato problemi. Spedita a studiare nei collegi più lontani, cambiando ogni anno città, nazione, continente, per isolarla. Senza radici, senza amici, senza nessuno.

Anna aveva avuto solo lui come punto di riferimento e aveva sempre fatto tutto quello che lui le aveva imposto.

La maggiore età era stata un problema. Anzi, *il* problema. Teoricamente a diciotto anni la ragazza sarebbe entrata in possesso dei suoi beni in prima persona, e così il tutore diventava superfluo. *Lui* diventava superfluo.

Ma Brandt non poteva accettare di perdere l'immenso potere di cui aveva goduto per quasi vent'anni. Non poteva semplicemente tornare a essere solo l'avvocato di famiglia.

Aveva provato a parlare con Anna.

Qualche mese prima del suo diciottesimo compleanno, era andato a trovarla in collegio, a Megève dove stava per diplomarsi.

Quando arrivò all'istituto la direttrice venne personalmente ad accoglierlo, sperticandosi in mille moine. «Bonjour monsieur l'avocat.»

Con i soldi che ti do puoi anche fare il salto mortale carpiato e sarebbe sempre troppo poco, pensò Brandt, accennando un baciamano metaforico, che coniugava un impercettibile cenno del capo con uno sfioramento del dito indice della direttrice.

Fu accompagnato in parlatorio, ovvero una sala che, per ampiezza, sontuosità e decoro, avrebbe potuto ospitare il ballo delle debuttanti a Vienna, oppure la scena del valzer del Gattopardo.

La ragazza lo aspettava già, seduta a uno dei lucidi tavoli di quercia che servivano per i colloqui delle studentesse con i parenti. Avranno disboscato l'Amazzonia per fare questi tavoli, pensò l'avvocato, valutando come ognuno avesse per ripiano un'unica massiccia tavola di preziosa essenza.

Era la prima volta che andava a trovare la ragazza, non era mai accaduto nei diciotto anni precedenti, l'importante era pagare la retta dei vari istituti e tenerla lontano.

« Salve, Anna. »

Lei non accennò ad alzarsi e avvicinarsi, lo guardò senza alcuna espressione particolare.

« Salve, avvocato » disse infine.

Lui sentiva di essere rimasto confuso, sconcertato dal cambiamento avvenuto in lei dall'ultima volta che l'aveva vista. Non ricordava più quando fosse stato, forse l'estate prima, in partenza per le vacanze che le faceva passare ovviamente in altri collegi, in altre parti del mondo. Nessuna radice, nessun legame. Però si erano forse incrociati in qualche aeroporto, gli pareva di ricordare. Lei con le istitutrici e le altre compagne di istituto, lui con la ventiquattrore.

Dopo essere stata una bambina ossuta e insignificante, improvvisamente se la ritrovava diversa, in pochi mesi era diventata una donna. Assomigliava a quella stracciona di sua madre, suicida e defunta, adesso. Era bella.

« Come stai? » le chiese.

« Bene, grazie. »

« Come vanno gli studi? »

« Bene, grazie. »

La ragazza era di poche parole, come sempre, solo che ora questa laconicità, che in passato lui aveva sempre considerato un pregio per avergli risparmiato inutili chiacchiere, lo metteva in difficoltà. Non sapeva come cominciare il discorso.

Prese tempo.

« Stai per compiere diciotto anni, un'età importante, sei quasi una signorinetta, ormai. »

« Sì » disse lei, con un sorriso appena accennato. Un misto tra la Sfinge e la Gioconda, pensò Brandt, avvertendo una punta di inquietudine sfarfallare appena nella propria testa.

« Hai già qualche idea per il futuro? »

« Studierò Economia » disse lei.

Brandt rimase stupito, non pensava che la ragazza avesse qualche interesse per studi economici.

« E come mai proprio Economia? Non sarebbe meglio per te qualcosa di più... » si bloccò. Non sapeva perché ma il senso di difficoltà e disagio aumentava, si sentiva confuso, sotto lo sguardo tranquillo di lei.

« Più...? »

« Più... femminile. »

Il volto della ragazza, serio e concentrato, fu attraversato da un'ombra di sorriso. « Tipo cosa? » chiese.

« Non so, per esempio... Lettere, o Arte.. o Danza, perché no? Tua madre era una... una *ballerina...* » Lo disse con un velo di scherno nella voce. Voleva sminuire la ragazza, era necessario che si sentisse una nullità per poter essere guidata senza obiezioni.

« Ma io seguirò le orme di mio padre: gli affari. »

Lo disse con una calma e una determinazione che gelarono il sangue a Brandt.

Tutti i bei discorsi che si era preparato per lei, i suggerimenti di lasciarlo continuare a condurre gli affari di famiglia con una procura generale, gli morirono in gola. Questa qui mi vuole fare fuori, pensò, in preda al panico.

«Ma tu sei troppo giovane, Anna, ci vorrà tempo per imparare il mestiere» riuscì a dire con voce strozzata.

«Non credo, mi sento pronta. Ho studiato molto in questi anni.» Fece una pausa, poi proseguì: «Anche se lei forse non se n'è accorto».

Ah, ecco qual è il problema, si disse Brandt vagamente tranquillizzato. La stronzetta si è sentita sola e mi sta rimproverando dell'abbandono. «Ma io ti voglio molto bene, cara. So che hai sentito la mia mancanza, la mancanza di un... una figura paterna. Avrei voluto starti accanto ogni istante della tua vita. Non sono stato presente continuamente solo perché ho dovuto prendermi cura del nostro patrimonio.»

Negli occhi della ragazza passò uno sguardo impietosito.

«Prenderò in mano direttamente *io* le redini del *mio* patrimonio.»

Brandt sentì un dolore al petto e pensò a un infarto.

«Si sente male?» chiese gentilmente la stronzetta.

«No, tutto bene.»

«Mi fa piacere.»

Poi Anna si sporse attraverso il tavolo, verso di lui e disse, fissandolo negli occhi: «Può preparare le carte e i documenti per il 7 luglio prossimo, giorno del mio diciottesimo compleanno. E si rilassi, le lascerò conservare l'incarico di fidato avvocato di famiglia.»

31

Il refettorio della comunità era gremito di gente di ogni tipo. Questa varia umanità affollava le tavolate dandosi di gomito e confabulando vivacemente.

Sono vestiti come per la scena madre di *Oliver Twist*, pensò Curreri. Si vedevano individui immersi in cappottoni macilenti, altri avvolti in sciarpe sfilacciate, berretti militari frammisti a cappucci da gnomo, qualche strano poncho pseudoperuviano ricavato da coperte militari. Uno aveva un cappello da carabiniere tutto stinto, ma con la fiamma dorata luccicante. Tutti erano come impolverati di qualcosa che avrebbe fatto la felicità di un fotografo in cerca di flou: una specie di patina di nebbia leggera li avvolgeva, consegnando la scena direttamente all'iconografia. Il Quarto Stato si è seduto al refettorio, con buona pace di Pelizza da Volpedo che l'aveva lasciato in piedi, bellicoso e ben deciso ad avanzare travolgendo tutti gli ostacoli, si disse Tano.

Il cicaleccio rimbombava nella sala dal soffitto a volte, moltiplicandosi per una sorta di effetto eco a rimbalzo.

Il commissario si arrampicò su un tavolo e urlò: «Signori!»

Tutti tacquero e si voltarono simultaneamente a guardarlo.

Duecento occhi, almeno, lo fissavano attenti, in silenzio.

Ora devo dire qualcosa di intelligente, e possibilmente anche un po' di sinistra, visto il contesto, si incoraggiò Curreri.

«Buonasera.»

Appena l'ebbe pronunciato si dette dell'idiota patentato. Perché non mi smentisco mai?

Ma non aveva neanche finito di flagellarsi interiormente che la sala reagì, e lo travolse con un caloroso e rombante: «Buonasera!»

L'agente Micci, che se ne stava defilato, sorrise e cominciò timidamente a battere le mani. Subito i senzatetto seguirono l'esempio e si misero ad applaudire con entusiasmo, si sentì anche qualche fischio di ammirazione. Poi cominciarono a martellare con i piedi tumultuosamente sotto i tavoli.

Sembra quel film con Robert Redford, dove lui fa il direttore buono del carcere di massima sicurezza. Si presenta in incognito, da condannato anche lui, e scopre tutte le magagne del vecchio direttore iena e dei guardiani sciacalli, mentre i detenuti sono oppressi e lui li risveglia e ridona loro il senso della dignità e della speranza.

Il fracasso era diventato apocalittico, non si capiva più niente.

Sono un saltimbanco, pensò Tano, alla disperazione. Dovevo fare un interrogatorio a qualche barbone e sono diventato uno zimbello.

«Basta!» urlò.

E quelli smisero di colpo, rimanendo immobili a fissarlo, attenti.

Curreri sentì un moto di onnipotenza.

«Bene» disse.

«Bravo!» urlò qualcuno dalla folla.

Se dico «grazie» faccio Nerone di Petrolini, pensò. Che genio quell'uomo. E io una barbabietola parlante, una rapa semovente, che continua a balbettare mentalmente cose che non c'entrano con il qui e l'adesso.

«È successo un fatto terribile» riuscì a dire, finalmente, con tono serio e grave.

Un coro di «Ohhh...» dispiaciuti e partecipi, lo sommerse.

Stiamo facendo il teatro, si disse, se va avanti così ci prendono a fare l'*Opera da tre soldi*, a me e ai barboni qui presenti.

Per fortuna intervenne il prete, che fino a quel momento aveva ascoltato in disparte, da una parte. Don Pietro prese in mano la situazione, spostandosi davanti alla platea di straccioni, e dicendo in tono semplice e deciso: « Signori, fate silenzio, devo chiedervi di non commentare né interrompere quanto sarà detto dal signor commissario. Ascoltate con attenzione, è molto importante! »

L'uditorio fu attraversato da una serie di cenni di capo e altri segnali convenzionali di calda adesione alla richiesta del prete.

Vedi come si fa? si disse il commissario Tano Curreri, amaramente. L'autorevolezza non si compra un tanto a etto: o si ha o non si ha. Ci si nasce. E io, modestamente, non vi nacqui, *Totò docet*. Ho l'autorità, certo, e anche un distintivo e, pensa un po', persino una pistola, ma l'autorevolezza innata, no. Il prete invece ne è avviluppato, gronda autorevolezza da tutti i pori. Anche se mi nasconde parecchie cosette e ne sa molto più di quanto dice, la vecchia volpe.

Si schiarì la voce. « Salve, sono il commissario Curreri, della polizia, e sono qui per un'indagine. Purtroppo una persona è stata uccisa e stiamo raccogliendo qualsiasi informazione utile alla ricostruzione del fatto e alla cattura dell'assassino. Quindi vi pregherò di guardare con attenzione la foto di un uomo per vedere se qualcuno di voi lo riconosce. Inoltre vi porrò alcune domande specifiche. »

Il pubblico era attentissimo. Sentiva la tensione nell'aria e si congratulò con se stesso, li aveva catturati.

Poi, dal fondo della sala, nel silenzio, si fece strada un ronfo inconfondibile. Placidamente, sonoramente, qualcuno stava russando della grossa.

« Il vecchio Dimitri » spiegò il prete, quasi scusandosi « ... è narcolettico. »

« Ah, ecco » commentò Curreri, ignaro del significato della parola narcolettico ma ben deciso a non farlo trasparire. Così chiamò l'agente Micci e gli disse di far passare la foto del finto prete morto fra gli ospiti della comunità.

Mentre la foto passava di mano in mano generando scuotimenti di capo e altri segni di perplessità, Curreri si amareggiava sapendo che se non fosse uscita qualche informazione utile, sarebbe stato costretto, dio ce ne scampi, a chiamare un barbone alla volta in camera caritatis per interrogarli così. Uno per uno.

32

Il professore si era finalmente preparato il caffè e adesso se ne stava seduto al tavolo del soggiorno a berselo in santa pace.

Steso sul divano dormiva lo strano ragazzo altissimo, coi piedi che spuntavano di un bel po' oltre il bracciolo. Nella poltrona di Lilla dormiva invece la bambina.

Be', ho ospiti finalmente, pensò, soddisfatto. Era un secolo che in casa non veniva nessuno e sentire il respiro di quei due gli dava una gioia che aveva dimenticato.

Sul tavolino c'erano i resti dello spuntino che aveva preparato per loro e, tra le briciole, il pezzo di cartone della pizza recuperato da Picchio. Non aveva capito molto della spiegazione che gli aveva fatto il ragazzo, ma la richiesta d'aiuto era chiara, e così eccoli qua, il gigante e la bambina, belli pacifici, a dormire nel soggiorno di casa sua.

Se ci fosse Lilla li riempirebbe di attenzioni, pensò.

E cercò di immedesimarsi in lei per capire cosa avrebbe fatto. Intanto li avrebbe rifocillati e fin qui c'era arrivato da solo. Poi li avrebbe rivestiti. Vestire gli ignudi, diceva il Vangelo. Gran bel libro, anche per un povero ateo come me. Poetico, soprattutto.

Quindi bisognava comprare qualche vestitino alla bambina, quelli che aveva indosso erano sporchi e sembravano rimediati da uno straccivendolo. Anche il ragazzo non stava molto meglio. E soprattutto puzzavano parecchio tutti e due. Una puzza strana, pensò il professore, di sporco, sì, poi anche di umido, neanche venissero dalle paludi, ma soprattutto di paura. Ecco cosa ci voleva, una bella ripulita. La prima cosa, appena si fossero svegliati, sarebbe stata un bagno caldo.

Il ragazzo aveva provato a raccontare come stavano le cose, ma era crollato quasi subito dalla stanchezza e la bambina l'aveva imitato.

Il professore cercò di ricordare cosa gli avevano detto. Stavano fuggendo, ma non sapevano da cosa o da chi. Molto strano.

In quel momento squillò il telefono. Non era il suo, faceva un suono diverso, ma bisognava rispondere altrimenti i ragazzi si sarebbero svegliati.

Si guardò intorno e individuò il cellulare. Era appoggiato sopra un giaccone bisunto e avvoltolato buttato per terra accanto al divano. Doveva essere dello spilungone. Lo raccolse e rispose. «Pronto?»

«Chi sei?»

Un po' maleducato questo tizio al telefono, pensò il professore. Neanche si presenta e subito spara domande.

«Scusi, ma chi è lei, forse voleva dire, tanto così per un po' di educazione» rispose.

«Senti, tipo strano, passami lui.»

«Senta, tipo maleducato, non le passo proprio nessuno.»

«Passamelo.» La voce dell'uomo era diventata un soffio freddo.

Il professore tentò di non farsi intimidire dal tono dell'altro. «Adesso non può venire al telefono.»

Dall'altra parte ci fu silenzio. Poi la voce riprese, più molliccia e suadente. «La bambina è lì?»

Il professore guardò la piccola che dormiva acciambellata sulla poltrona e decise che non voleva proprio rispondere alle domande del tizio maleducato.

«Si può sapere lei che cosa vuole e soprattutto chi è?» domandò con voce ferma e determinata. Ma l'altro non ci cascò.

«Okay, ho capito, la bambina è lì e tu vuoi fare l'eroe. Sbagli, tipo strano. Dimmi dove siete.»

Il professore restò in silenzio. Quella voce faceva paura. Si chiese se avesse già cominciato a puzzare anche lui come i suoi due ospiti.

L'altro continuò: «Tanto ti trovo. Mi fai solo perdere tempo a rintracciare la chiamata. Aspettami, arrivo».

La comunicazione fu interrotta, il professore restò immobile, col telefono a mezz'aria.

«Che cavolo succede?» chiese Picchio, spuntando dal corridoio e guardandolo un po' preoccupato.

33

L'aria nel refettorio della comunità era diventata irrespirabile. Strane esalazioni fungine emanavano da quei corpi stanchi, che, esaurito l'entusiasmo iniziale per la collaborazione, ora se ne stavano accasciati su loro stessi come sacchi di roba vecchia a un angolo di strada.

E come aveva previsto il prete, nessuno aveva riconosciuto l'uomo nella foto.

Curreri chiamò l'agente Micci. «Va bene, mandiamoli via per ora, più di così non si può. Hai preso le generalità?»

«Commissario, qui i documenti ce li hanno in tre, se va bene, e molti non si ricordano nemmeno come si chiamano. Parecchi sono stranieri e non parlano italiano.»

E allora? pensò Tano. Che cos'è questo? Un'enclave extraterritoriale? Una terra di nessuno? La Repubblica delle banane? Le regole valgono per ogni individuo. Non c'è scritto forse «La legge è uguale per tutti» nelle aule dei tribunali? Se si deroga alle responsabilità civili ed etiche si deroga ai propri stessi diritti, al proprio status di cittadino, continuò a mugugnare fra sé. Abbuonare, fare sconti, sottrarre responsabilità individuale non è opera caritatevole, ma riduzione in schiavitù, di questo era certo. Sentiva profondamente che il massimo rispetto per un uomo consiste nel ritenerlo massimamente responsabile di sé e delle proprie azioni.

Come se gli avesse letto nel pensiero, intervenne il prete: «Questi non sono uomini e donne come tutti gli altri. Si tratta di gente in gravi difficoltà».

Tana per il prete. Eccolo lì il paladino di persone che è pronto a considerare dei poveri minus habens da tutelare, esautorandoli contestualmente dal loro libero arbitrio. A Curreri quell'aria da santo subito che il prete inalberava spesso con le sue affermazioni mistiche dava proprio sui nervi.

«Senta, *padre*» accentuò volutamente la parola con un leggero sarcasmo, «... fra queste sue pecorelle in difficoltà potrebbe nascondersi un assassino. Qualcuno che ha ucciso un altro uomo. Uno che ha disatteso gli insegnamenti del Signore, se non vado errato. Non è un comandamento, *Non uccidere*?»

Il prete restò in silenzio.

Tano, come tutte le volte in cui sentiva di aver segnato un punto, si dispiacque. Non era un vincitore, lui, e non sapeva incassare una vittoria. Era di quelli che a scuola parteggiavano per Ettore e non per Achille. Poveri eroi, alla fine la morte se li era presi entrambi.

Si rivolse a Micci: «Va bene, lasciali andare».

Gli ospiti della comunità sgombrarono rumorosamente, spostando sedie e scalpicciando in giro. Sciamarono mogi mogi, a testa bassa, dispiaciuti per non essere stati utili.

Quando la sala fu vuota, Curreri si congedò dal prete. «Sarà necessario fare altri accertamenti, se ne rende conto, vero?»

«Certo» assicurò il prete, compunto.

Faccia di bronzo, pensò il commissario.

Rimasero così, a fronteggiarsi senza sapere più che dire.

In quel momento nell'aria densa e puzzolente si levò, dapprima sordo e poi via via più gagliardo, un boato maestoso. Non c'era dubbio, qualcuno stava russando di nuovo della grossa.

In fondo alla sala, steso su tre sedie accostate, c'era il vecchio Dimitri che dormiva.

Era stato necessario uno straccio imbevuto d'aceto e un secchio d'acqua in faccia, per risvegliare il vecchio barbone. Gli avevano dato una tazza di caffè, e adesso li fissava con gli occhi cisposi, azzurri come cielo.

«Come ti senti, Dimitri?» gli chiese il Prete.

«Dobro.»

«Che ha detto?» disse Curreri.

Il prete alzò le spalle.

«Ha detto che sta bene» disse l'agente Micci.

Curreri e il prete lo fissarono.

«È russo» si affrettò a specificare Micci «... Ho studiato qualche parola l'anno scorso, prima di una gita a San Pietroburgo per la visita all'Hermitage...»

Il vecchio Dimitri si illuminò: «Oh, Hermitage!... Yasny!»

Curreri e il prete fissarono di nuovo Micci.

Il giovane agente deglutì, imbarazzato. «Ha detto che l'Hermitage è bello... gli piace.»

«C'entra con l'indagine?» chiese Curreri.

Il povero Micci era affranto e ormai sembrava san Sebastiano infilzato di frecce, lì al centro dell'attenzione. Si chiedeva che fine gli sarebbe capitata adesso. Lo avrebbero estromesso dalla polizia?

«Credo proprio di no» lo soccorse don Pietro.

Ecco il signorino prete so tutto io che fa la lezione, pensò Curreri. Ma i comandamenti non se li ricorda, anzi, li interpreta a modo suo.

In quel momento il vecchio Dimitri alzò un dito per reclamare attenzione, prese fiato da quella sua bocca senza denti, salvo uno sperduto incisivo inferiore, e cominciò a cantare con una profonda voce baritonale.

«Oci ciornie, oci strastnye...»

Non ci fu verso di farlo smettere. Il vecchio russo cantò tutta la canzone, riempiendo l'aria di possenti note.

Micci, Curreri e il prete rimasero in piedi ad ascoltarlo. Alla fine dell'esecuzione avevano tutti gli occhi lucidi.

«Be', adesso però il vecchio Dimitri ci deve dire dove ha visto il morto» sbottò il commissario, esasperato.

Dopo la canzone, Micci si era ricordato di far vedere anche all'anziano barbone la foto dell'uomo trovato sull'argine del Tevere.

Subito una scintilla si era accesa nello sguardo del vecchio russo. «Zwoy» aveva detto, fissando l'uomo nella foto.

Tutti avevano guardato Micci.

Il giovane agente aveva scosso la testa, mortificato: «Mi dispiace, ma questo *zvòi* non so cosa vuol dire...»

Curreri si arrabbiò: «Micci! Si può sapere che russo hai studiato? ... o era cinese e non te ne sei accorto? Questo qui dice tre parole in tutto. Almeno quelle le potevi sapere, no?» sbraitò.

L'agente si mise a studiare con attenzione le proprie scarpe, muto.

Il vecchio Dimitri sembrò capire il motivo della ramanzina e spiegò: «Zwoy niet dobro... niet dobro.»

«Ah, ecco» si rianimò il giovane agente, «... dice non-buono. L'uomo della foto è non-buono. Cioè è cattivo.»

«Grazie della spiegazione. Non ci eravamo mica arrivati che non-buono vuol dire cattivo. Grazie mille» disse, acido, Curreri.

«Prego» rispose Micci, tornando a guardare con determinazione la punta delle proprie scarpe.

Poi il commissario si rivolse al vecchio Dimitri e, con estrema cura e scandendo bene le parole gli chiese: «Questo uomo no-dobro come si chiama?»

«Sempre ruba» disse l'anziano barbone, «... lui molto cattivo.»

«Ma questo parla italiano» sbottò Curreri, «e ci ha fatto perdere un'ora a tradurre.»

Il vecchio Dimitri si inalberò. Puntò gli occhi di ghiaccio sul commissario e sentenziò: «Tu no perso niente. Io regalato te suono magico di lingua russa... lingua di steppa, di Čechov, Puškin, Dostoevskij...»

Qui il barbone fece una pausa teatrale, che nessuno osò interrompere, e quindi ruggì: «... e Tolstoj!»

L'agente Micci era estasiato: «*Anna Karenina...*» mormorò.

Dimitri piegò graziosamente la testa di lato in un gesto di ringraziamento, come se l'avesse scritto lui, il romanzo.

Il commissario sentiva che gli stava sfuggendo di mano la situazione e, peggio, gli stava per venire un attacco di idrofobia. Tra l'altro il prete faceva lo gnorri a testa bassa ma si intravedeva quel sorrisetto ironico sotto il naso.

Parlò pazientemente al vecchio barbone: «Senta, signor Dimitri... Dimitri e poi?»

«Levin. Dimitri Levin.»

«Proprio come il personaggio di *Anna Karenina*» disse entusiasta l'agente Micci. Curreri lo gelò con lo sguardo. Poi tornò a rivolgersi al vecchio.

«Bene signor Levin, lei conosce l'uomo nella foto.»

«Io visto lui, sì.»

«Oh, meno male. Quando?»

«Una. Due settimane...»

«E sa come si chiama, quest'uomo?»

«Volk.»

«Volk e poi?»

«Volk e basta. Soprannome. Vuole dire Lupo. Io non sai il nome.»

«Dove l'ha visto?»

«Qui. Lui qui una notte. Finto dormito e poi rubato tutti i soldi di noi, a me pure scarpe quasi nuove, a prete vestito, poi via.»

Il prete si infervorò: «Ma allora è quello che ha rubato la cassetta delle elemosine!»

«Lui tutto preso» confermò Dimitri, «ma io visto in sua tasca quando lui non vede. Mucchio di soldi alto così. Quelli non presi qui, troppi soldi. Lui pagato da qualcuno ricco. Stato una notte, poi sparito. Più venuto.»

«Non si ricorda altro?»

«Sì, ricordo lui detto, quando ubriaco, che lui fa tutti servizi sporchi. Tutti di A e Zeta. Compresi mena e ammazza. Basta uno paga.»

«Ah, che bella notizia» disse Curreri.

«Lui cerca altro uomo» continuò Dimitri. «Tipo alto che mangia qui raro.»

«E chi è quest'altro?» sbottò il commissario guardando il prete.

Don Pietro fece la faccia del turista di passaggio e alzò le spalle. «Non saprei» disse.

34

Smilzo si sentiva un altro. Una specie di terzo lui che non era più lo Smilzo che dormiva sotto i ponti, e nemmeno lo Smilzo di prima ancora, quello che faceva i soldi con i soldi e con la stupidità degli altri.

Adesso era un uomo di trentacinque anni come tanti. In un mondo normale avrebbe avuto una vita normale.

Aveva fatto la doccia ed era tutto lindo e profumato di sapone. Il professore gli aveva prestato della biancheria pulita e anche dei vestiti.

A parte i pantaloni che mi stanno corti alla zompafossi, per il resto sembro un figurino, si disse guardandosi allo specchio.

Adesso toccava alla bambina fare il bagnetto.

Aveva protestato parecchio e c'era voluta la santa pazienza, ma alla fine erano riusciti a farla lavare. L'unica cosa che aveva preteso, alla sua maniera inappellabile, era che se ne andassero nell'altra stanza per farsi il bagno da sola. Li aveva guardati piantata in terra coi pugni sui fianchi e la faccia arcigna, e avevano capito che era meglio lasciarla fare per i fatti suoi.

Avevano riempito una bacinella di acqua tiepida.

«Ma così piccola non è che poi affoga?» si era chiesto Smilzo preoccupato. Il professore ne sapeva meno di lui. Alla fine le lasciarono il cuscino gonfiabile anticervicale del professore come salvagente, a galleggiare nell'acqua della bacinella, e tornarono in soggiorno.

Si sedettero al tavolo da pranzo e rimasero un attimo in silenzio. Dal bagno venivano rumori di sciacquettii e ogni tanto un gridolino di gioia.

«Come si chiama la bambina?» domandò il professore.

«Non lo so.»

Questa semplice domanda ripiombò Smilzo nell'angoscia del non sapere che fare.

Raccontò tutto al professore, dall'inizio. Dalla rapina al supermercato, al rapimento della piccola, la fuga, la donna morta che forse non era la madre, ma allora chi era? Alla sparatoria sotto i ponti, fino al tentativo di rifugiarsi in comunità, i tre milioni, il prete morto e la polizia.

Alla fine il professore restò in silenzio per un po'.

Sta pensando, si disse Smilzo, per la prima volta rasserenato dall'inizio della baraonda. Adesso la saggezza dell'età, unita alla forza della scienza, produrrà finalmente un'idea sana e risolutiva che illuminerà questa oscurità in cui sono precipitato e condurrà verso la salvezza me e la bambina, ognuno verso il proprio mondo. Io al riparo da sparatorie e lei verso la sua famiglia.

Vide il professore annuire impercettibilmente fra sé, mentre un sorriso arguto affiorava sul suo volto. «È un film» esclamò infine il vecchio, soddisfatto della propria perspicacia.

Adesso comincio a dare le capocciate al muro, oppure mi butto dalla finestra, o mi metto a urlare, pensò Smilzo. Invece rimase dov'era e disse, con voce tranquilla: «No, è tutto vero».

«Ah» commentò il professore, con un'ombra di delusione. «Allora forse dovremmo chiamare la polizia.»

35

Veronica Perini Dandò decise di obbedire all'uomo con la pistola e rimase ferma immobile, anche se il nastro adesivo alle caviglie era veramente troppo stretto.

Non sapeva se essere più preoccupata per i segni blu che sarebbero comparsi sulle sue belle gambe, una volta rimossi i legacci, o per i capelli che già stavano scaricando il colore sotto la secchiata d'acqua che quel macaco lepidottero le aveva svuotato in testa per minare la sua resistenza.

Ovvero, terza ipotesi e nemmeno la più remota, non sapeva se preoccuparsi per la propria stessa vita.

Però, l'idea che la propria vita potesse essere in pericolo per una qualsivoglia ragione, a Veronica non era mai passata nemmeno per la cosiddetta anticamera del cervello. Cervello che possedeva in quantità industriale e quindi anche l'anticamera doveva essere adeguatamente sviluppata. Il concetto di paura semplicemente non era previsto nel suo equipaggiamento evolutivo. Tutta la sua vita era stata un addestramento al coraggio, se non addirittura alla più ardita temerarietà.

Aveva passato infanzia e adolescenza in collegi svizzeri e inglesi dove la maggior parte delle sue piccole compagne aveva riportato traumi psichici indelebili e da cui lei invece era uscita non solo indenne ma persino più forte. Aveva attraversato una giovinezza tumultuosa smistata logisticamente da sua madre nei «giri che contano» con il preciso compito di trovare un marito non solo ricco ma ricchissimo, non solo in vista ma potente. Attività che al momento, bisognava ammetterlo, malgrado l'impegno profuso non aveva ancora dato frutti. Aveva trascorso i migliori anni della sua vita sotto il casco del parrucchiere a mesciarsi i capelli o sul lettino dell'estetista a farsi friggere la cellulite con i raggi ics-ypsilon-zeta, imballata di cellophane come un cotechino. Aveva imparato l'inglese, il francese, lo spagnolo ed elementi di tedesco al fine di accalappiare mariti anche in campo internazionale. Aveva scalato il Monte Bianco perché era una sportiva provetta e riusciva in tutte le attività agonistiche in cui si cimentava, e aveva piantato la bandierina persino sull'Aconcagua. Aveva fatto safari, rigorosamente fotografici, di leoni in Africa e di tigri in India, ed era rimasta bloccata per dieci giorni nel deserto di Gobi sopravvivendo senza un graffio, mangiando lucertole e licheni e bevendo rugiada notturna che distillava per mezzo di un primitivo quanto ingegnoso sistema idraulico di sua invenzione. Insomma, Veronica Perini Dandò era una ragazza indistruttibile, coraggiosa e dall'autostima sviluppata all'ennesima potenza.

L'orrendo individuo con la pistola, però, non poteva saperlo e se ne stava lì minaccioso, puntandole la 7 e 65 con due mani, pensando così di spaventarla.

«Allora, dove sta la bambina?» le chiese, con quella sua voce rasposa che sembrava formarsi direttamente dalla limatura di ferro arrugginito.

«Se non l'ha ancora capito glielo ripeto: non so di cosa stia parlando!»

«Senti, bella, per ora ti ho fatto rinfrescare la memoria con l'acqua ghiacciata, ma se continui a fare la stronza allora passiamo all'opposto dell'acqua: il fuoco. E ti assicuro che fa molto più male.»

Veronica si stava veramente irritando.

Si era ritrovata l'energumeno in casa che l'aspettava al buio, seduto sulla poltroncina rosa della sua camera da letto. Non aveva idea di come fosse entrato, forse aveva forzato la portafinestra sul giardino. Era blindata, aveva il superallarme galattico, ma evidentemente il tizio sapeva il fatto suo in tema di effrazioni.

Aveva provato a reagire tirandogli la prima cosa che aveva trovato sotto mano: il lume di ceramica toscana. Lo aveva mancato di un soffio. Il lombricone si era gettato di lato, stupefatto, ma poi era schizzato in piedi, l'aveva bloccata e legata. E aveva cominciato con la storia della bambina.

Veronica sapeva benissimo che in questi casi bisognava assecondare l'aggressore, cercando di non irritarlo, fino a portarlo psicologicamente dove si voleva e quindi neutralizzarlo. Se continuava a negare di sapere qualcosa della fantomatica bambina quello era capace di stranirsi e darle fuoco. No, doveva cercare di lanciargli un'esca.

«E va bene» disse, fingendo di arrendersi.

«Oh, era ora!» si congratulò il bacarozzo.

Era un uomo freddo, brutto e cattivo. Aveva gli occhi infossati, e quindi illeggibili. Il suo sguardo restava un mistero in fondo alle orbite scure. Era forte, se ne era accorta quando l'aveva atterrata e legata. Sembrava addestrato alla lotta. Ma modestamente nemmeno Veronica scherzava, era cintura nera di karate e solo l'effetto sorpresa aveva impedito che il malefico individuo non si trovasse legato come un salame al posto suo.

«Chi è il tizio che la tiene?» domandò l'uomo.

Di che tizio parla? Si chiese lei. Ma cercò di stare al gioco. «Come sapete di lui?»

Il serpente a sonagli che aveva di fronte fece un sorriso storto. «Il telefono, bella. Quando hai un cellulare in mano, lasci le briciole come Pollicino. Il tizio ti ha telefonato, lo so.»

Allora capì.

La telefonata di Smilzo, quelle frasi sballate che le aveva detto. Non aveva parlato anche di una bambina?

«Che ha fatto?»

L'uomo con la pistola la guardò un po' meravigliato della domanda. «Tutto» disse. «Ha fatto tutto quello che non doveva fare. E soprattutto l'ha fatto con chi non doveva farlo.»

«È sempre stato un idiota» disse lei, più a se stessa che all'uomo.

«Mica tanto. Fino a adesso è riuscito a... farsi desiderare.»

Quel deficiente, chissà che ha combinato stavolta, pensò Veronica. Gli uomini non cambiano mai.

«Dove sta?» la incalzò l'uomo.

«Non me l'ha detto.»

Quello scosse il capo. «No, no, no, così non va.»

«Giuro che non me l'ha detto!»

L'uomo si guardò intorno, poggiò la pistola sul bracciolo della poltroncina, poi si alzò svogliatamente e andò a raccogliere quel che restava del lume in ceramica che lei gli aveva tirato. Strappò il filo elettrico che pendeva dalla base del lume e poi la gettò di nuovo a terra, dove finì di sbriciolarsi. Quindi tornò a sedersi. Dalla fasciatura che aveva in testa stava affiorando una macchia di sangue, ma lui sembrava non rendersene conto.

Con calma tirò fuori un coltello a serramanico dalla tasca, e cominciò a trafficare col filo elettrico.

Veronica sapeva cosa stava facendo, sfilacciava la plastica per scoprire il rame.

Lavorò con pignoleria e competenza, fino ad avere i due poli pronti a scaricare corrente.

L'uomo le mostrò il lavoro finito. «Adesso se non mi dici cosa sai io metto la spina nella presa e i fili scoperti te li infilo nel naso. Ti va?»

Veronica sentì un piccolo fremito alla base del collo. Non ne riconobbe subito la natura, perché era una sensazione nuova per lei, ma temette di dover ammettere a se stessa che forse si trattava di un velo di inquietudine.

Forse un prodromo di terrore.

L'uomo intuì quel soffio di cedimento. «Oppure puoi semplicemente telefonare e fare quello che ti dirò io.»

36

Bussarono alla porta.

Brandt sobbalzò, aveva perso il senso del tempo, gli succedeva troppo spesso negli ultimi giorni. Guardò Anna, dormiva ancora.

La porta si aprì senza aspettare il suo permesso e seppe subito di chi si trattava. Solo una persona si permetteva certe confidenze con lui: il Macellaio.

E infatti entrò lui, il dottor Mori.

«Mi hanno detto che era qui, e così sono venuto subito a rendere omaggio.»

La voce del medico era l'opposto del suo corpo. Per quanto questo era secco ed essenziale, la voce era melliflua, unta, grassa. E strafottente.

Brandt non rispose, infastidito. L'altro non fece una piega. Si avvicinò al letto, osservò la paziente con freddezza e quindi dette una leggera pacca d'intesa sul braccio all'avvocato. «Tutto procede.»

Brandt si scostò dal medico. Magari morisse sul colpo, pensò.

«Non deve fare brutti pensieri, avvocato» disse Mori, come leggendogli nella mente. «Lei senza di me è perduto, si metta il cuore in pace.»

Purtroppo è vero, si disse Brandt, sono nelle mani di questo essere immondo.

In quel momento, la donna nel letto emise un lieve gemito, forse disturbata dalle voci dei due uomini.

Il medico le pose una mano sulla fronte, in un gesto improvvisamente caritatevole. Anna si quietò.

Quindi Mori guardò l'avvocato e, persa ogni umanità, ammiccò furbescamente verso la paziente: «La nostra bella addormentata. La nostra ricchissima e fragile principessa sul pisello. L'avvelenatissima Biancaneve e il suo unico nano... Quante favole tutte racchiuse in questa povera donna».

«Basta» disse Brandt, in un soffio.

L'altro tacque, ma cominciò a canticchiare, gironzolando intorno.

«Quanto tempo abbiamo?» chiese quindi l'avvocato, ancora in un sussurro appena percettibile.

Il medico smise di cantare, rifletté qualche istante picchiettandosi il labbro con l'indice della mano sinistra, quindi disse, con leggerezza: «Noi due abbiamo tempi molto diversi, avvocato. Io ho tutto il tempo del mondo. Lei... Molto poco».

«Quanto?» Mori si strinse nelle spalle. «Ha aspettato troppo, le avevo detto di farlo prima.»

37

Via del Mandrione era costeggiata da un lato dalla ferrovia e dall'altro dai resti degli antichi acquedotti Claudio e Felice. Tutta la strada sembrava fuori dal tempo, immersa in un silenzio innaturale. Non c'era un'anima viva in giro.

Piccole case, poco più che baracche in muratura, erano sorte qua e là, nei secoli, occupando fazzoletti di verde. Ma l'insieme, nella sua precarietà, conservava una grazia misurata, quasi timida, ritmata dalle minute forme degli edifici, che sembravano chiedere scusa al passante per trovarsi lì.

L'indirizzo che cercavano corrispondeva a una strana piccola costruzione ottocentesca a due piani, dall'intonaco scolorito, malandata ma ancora bella.

Parcheggiarono lì davanti, non c'erano altre auto in vista.

Sembra *Mezzogiorno di fuoco*, pensò il commissario, oppure *The Day After*. E dire che a pochi metri c'è l'inferno del traffico di via Tuscolana, della Metro, di Cinecittà.

Il portoncino di legno scrostato e inaridito dal sole era semiaperto. A destra del portoncino c'era una targa ovale di ottone, antica, su cui era inciso: « Villino Jolanda ».

Non c'era citofono ma solo due scritte verniciate a mano sul muro: Tatuaggi, p. terra e Narelli, 1° piano.

Entrarono.

L'interno era ancora più malandato dell'esterno, quasi fatiscente. La pittura alle pareti solo un vago ricordo chiazzato di salnitro, odore di muffa persistente, e la semioscurità perenne di ciò che è abbandonato e dimenticato.

Eppure deve essere stata una piccola dimora signorile, una volta, si disse Curreri, dove una famiglia aveva abitato, riempiendo quegli spazi di voci e suoni. Una famiglia in cui viveva una donna chiamata Jolanda. Una donna così amata da vedersi dedicare una piccola reggia e il sogno di vita e d'amore che rappresentava.

Al piano terra non c'era un androne d'ingresso vero e proprio ma solo un vasto atrio circolare da cui partiva una bella scala dalla balaustra di marmo. A sinistra della scala c'era una porta rossa.

« Lì devono starci quelli dei tatuaggi » disse Micci.

« Verifichiamo dopo, adesso andiamo di sopra. »

La bellezza perduta del luogo in cui si trovavano lo intristiva e si ritrovò a salire faticosamente la rampa di scale, mentre Micci procedeva spedito e atletico.

Sto invecchiando, pensò, anche se ho solo quarantatré anni mi sento un matusalemme nell'anima.

Arrivati al primo piano si ritrovarono su un ballatoio concepito come un proscenio, delimitato dalla balaustra e aggettante sull'atrio di ingresso sottostante.

« L'architetto doveva essere un ammiratore del Vanvitelli. Ma con molti meno soldi. D'altra parte lì pagava il re » disse l'agente, ammirato.

Chi era adesso questo Vanvitelli? Curreri l'aveva sentito nominare ma non si ricordava dove, poteva essere qualsiasi cosa, un tronista o un premio Nobel, o anche un personaggio delle favole, visto che c'era di mezzo un re. Fremeva dalla voglia di chiederlo a Micci, che sapeva sempre tutto di tutti, ma l'ennesima figura da capra, e proprio col sottoposto poi, non la voleva fare, così lo ignorò volutamente e suonò il campanello.

Per qualche istante non successe nulla, ma quando Curreri stava per suonare di nuovo, si sentì un lieve rumore all'altezza dello spioncino. Qualcuno li stava osservando.

«Signora, siamo della polizia, ci fa entrare?»

Ancora qualche istante e poi finalmente la porta si aprì. Comparve una donna di mezza età dalla faccia triste e gli occhi gonfi. La madre.

«Sì» disse la donna. Una resa semplice e totale. Sì, sembrava dire, fate di me quello che volete. Sì.

Poi si spostò di lato, ma senza un cenno di invito.

Curreri e Micci si guardarono, incerti, infine il commissario mormorò, quasi scusandosi: «Con permesso» quindi entrarono.

La donna li guidò lungo un corridoio stretto e dal soffitto altissimo, ai cui lati si aprivano porte dall'intelaiatura di legno scuro e lucido.

Non c'entra niente col ballatoio del Vanvitelli, pensò Curreri, dentro è tutto un altro stile.

«Prego» disse la donna fermandosi davanti all'ultima porta aperta, in fondo al corridoio.

Entrarono in una cucina che sembrava uscita da un film degli anni trenta o quaranta.

Una ghiacciaia di legno, dipinta di un color giallino stinto, stava di fianco a un lavello di marmo grigio, squadrato e sormontato da un rubinetto in ottone con la manopola a croce arrotondata. Il quadrato di parete su cui era montato il rubinetto era ricoperto di maioliche, gialline anche loro e sbreccate dalla lunga permanenza in loco. Le altre pareti erano coperte di una vecchia vernice a smalto color avorio, che era stata lucida tanto tempo prima e ora sembrava solo unta e un po' affumicata agli angoli e verso il soffitto.

Al centro della stanza c'era un tavolo rettangolare coperto da un'incerata. Due sedie di paglia erano accostate al tavolo. Tutto era più che vecchio, frusto.

Una terza sedia, spaiata, stava accanto alla porta. La donna la spostò vicino al tavolo. «Prego, sedetevi.»

«Signora, ci dispiace...» iniziò a dire Curreri, ma la donna l'interruppe. «Faccio un caffè.»

Sedettero al tavolo, mentre lei si dava da fare.

Curreri non sapeva perché avesse accettato, ma sentiva che doveva a questa donna la possibilità di compiere un gesto ospitale, generoso, che per lei doveva significare molto.

Utilizzò una macchinetta napoletana di quelle che si capovolgono e che Curreri aveva visto solo una volta, in televisione, durante una replica di *Questi fantasmi* in bianco e nero, con Eduardo che spiegava il rito del caffè al suo dirimpettaio invisibile.

Nessuno parlò finché le tazzine non furono riempite di caffè fumante, zuccherate e girate rumorosamente coi cucchiaini. Poi tutti bevvero e alla fine Curreri seppe che non poteva tirarla ancora per le lunghe, era arrivato il momento di interrogare questa madre.

Lei lo anticipò. «Era una brava figlia» disse, piano. «Aveva studiato, era laureata in biologia. Era stata anche in Africa, con le missioni umanitarie, ad aiutare...»

«Perché era in quel supermercato, all'altro capo della città, così lontano da qui?» chiese il commissario.

La donna si tormentava le mani senza nemmeno rendersene conto. Aveva le nocche bianche per lo sforzo e la tensione. «Io non lo so. Lei lavorava. Faceva piccoli lavoretti, non riusciva a stare a lungo nello stesso posto. Forse aveva un impegno da quelle parti. Non mi diceva mai niente. Ogni tanto spariva, poi tornava.»

Ora bisognava dare le cattive notizie. «All'inizio sembrava un infarto» disse Curreri.

«Sì, hanno detto così.»

«Ma poi il medico che ha eseguito l'autopsia ha rilevato il segno di una puntura, un'iniezione, sulla spalla di sua figlia.»

«Non capisco...»

«E in corrispondenza del segno la maglietta che portava presenta tracce di una sostanza tossica.»

«Che vuol dire?»

«Che sua figlia non ha avuto un infarto. O meglio, sì, l'ha avuto, ma non è stato naturale. È stato provocato da un farmaco che le è stato iniettato.»

La donna sembrò perdere consistenza e ripiegarsi ancor più su se stessa. «Perché» disse.

«Non lo sappiamo, ancora. Pensavamo che lei potesse aiutarci a scoprirlo.»

La stanza piombò nel silenzio. Si poteva sentire il leggero ticchettio del grosso orologio a muro.

Curreri prese una foto dalla tasca della giacca e la mostrò alla donna.

Era un fermo immagine estratto dal video di sorveglianza del supermercato. Molto nebuloso, ma la figura della ragazza, che stava prendendo qualcosa da un bancone, si vedeva bene. Come si notava anche qualcosa, o qualcuno, accanto a lei. Una bambina, forse.

La donna, alla vista della foto, si portò le mani alla bocca, trattenendo un grido.

«È lei?» chiese il commissario. Una pura, odiosa formalità, sapevano già benissimo che era lei, Maria Jolanda Narelli, forse pronipote di quella Jolanda a cui la villa era stata dedicata, in un'altra vita.

«Nandina...» disse la madre con un filo di voce.

«La bambina è sua nipote? La figlia di sua figlia?»

La donna lo guardò, interrogativa. «Quale bambina?» chiese.

«Quella piccola nella foto, quella che sta con sua figlia.»

«No, non so chi sia, non l'ho mai vista. Mia figlia non aveva bambini.»

Sta mentendo, pensò Tano.

« Eppure sono vicine, vede? »

« E che vuol dire? Può capitare, in un negozio. La gente si sposta. »

La donna era intimorita, e la sua paura sovrastava il dolore.

« Signora, sua figlia riceveva regolarmente del denaro, molto denaro, sul suo conto corrente, dall'estero, circa tre o quattro volte all'anno. Sa da chi e perché? »

« Non so niente. »

« Signora, vuole o no che troviamo chi ha ammazzato sua figlia? »

La donna abbassò la testa. « Lasciatemi in pace, vi prego, andatevene » sussurrò.

L'orologio a muro rintoccò l'ora. Nessuno parlò per alcuni istanti.

Poi il commissario si alzò, imitato dall'agente. « Va bene signora, ce ne andiamo. Forse avremo bisogno di parlare ancora con lei. Se ricordasse qualcosa di utile... »

La donna rimase seduta, le mani intrecciate appoggiate al tavolo, la testa bassa. Non li guardava. « Andatevene, per favore » mormorò.

Curreri e Micci si avviarono per il lungo corridoio.

Due anime tristi, in cerca di quiete.

Scesero la scala in silenzio.

Quella strana scala esagerata per una casa così spenta e così vecchia. Gli scalini erano larghi e costringevano a un passo allungato, quasi una falcata, che occorreva coordinare fluidamente coi movimenti del corpo, per non finire giù ruzzoloni.

E i due, senza volerlo, venivano giù in sincronia.

Sembriamo Wanda Osiris e i suoi boys, pensò il commissario.

« Hai mai sentito nominare Wanda Osiris? » chiese a Micci.

L'agente lo guardò, perplesso. «No... c'entra con l'indagine?»

«No, c'entra con l'età della pietra, alla quale io appartengo, evidentemente. Oramai. E grazie, eh, della frecciatina.»

Micci non capiva ma sapeva che quando il commissario era di quell'umore era meglio non approfondire, per cui restò zitto.

Prima di uscire in strada decisero di bussare alla porta rossa dei tatuaggi, per qualche domanda, vedi mai.

Una voce dall'interno disse: «Avanti, la porta è aperta». Entrarono.

Dentro era il caos. I mobili, di cui si intuiva la presenza, erano sepolti da montagne di oggetti, carabattole e scatoloni accatastati ovunque. Ogni angolo era stipato di cose incastrate fra loro, impossibili da riconoscere nella loro originaria funzionalità, impolverate e arrugginite. C'erano anche mucchi di stracci e cumuli di sacchi di plastica colmi di chissà cosa, insieme a pile di giornali vecchi, ingialliti e ammuffiti. La casa dell'acaro, ovvero la sorgente del bacarozzo, pensò Curreri, osservando l'ambiente attraverso il pullulare di particelle microscopiche ondeggianti nell'aria. Pulviscolo di chissà quale origine organica e inorganica.

«Bel posticino» scappò detto a Micci.

Il commissario lo fulminò con lo sguardo. Gli piaceva farlo, così, ogni tanto. A prescindere. La gerarchia andava rinfrescata sempre.

«C'è nessuno?» domandò a voce alta.

«Arrivo» disse qualcuno.

Arrivo è una parola grossa, pensò Tano, qui per arrivare da qualche parte ci vuole la ruspa.

E invece un tipo buffo apparve dal nulla, saltando fuori da un cumulo di roba, come un pupazzo a molla.

«Salve» disse cordialmente, poi si arrampicò fuori dal suo fortino improvvisato, arrivò fino a loro e fece un mezzo inchino. «Come posso servirvi?»

Curreri era rimasto imbambolato a osservare quella specie di gnomo cresciuto che lo fissava con aperta cordialità. «Ecco...» farfugliò, e poi rimase così, a bocca aperta.

«Capisco perfettamente» disse l'uomo, gentile, andandogli in soccorso. «È una materia nuova per voi. Vi state avvicinando al tatuaggio per la prima volta. Fatemi dare un'occhiata.» Li osservò con attenzione, piegando un po' la testa di lato, come se questo l'aiutasse nella valutazione professionale. Annuì soddisfatto. «Bella coppia» disse infine, complimentandosi.

«No, che ha capito...» balbettò il commissario.

L'uomo alzò un dito e lo portò alle labbra, chiedendo silenzio. «Lasciate fare a me.» Quindi chiuse gli occhi e disse: «Sento profondamente le vostre vibrazioni». Rimase così per alcuni istanti. Curreri e Micci erano impietriti.

Poi l'uomo riaprì gli occhi, e li guardò con un sorriso. «Draghi» disse, convinto. «Oggi vi sentite draghi» affermò, senza aspettare risposta. «E sapete una cosa? Siete fortunati. Mi sono appena arrivati dei modelli dalla Cina che riproducono dragoni yang che fecondano una perla, come certo sapete è nella tradizione... Misure: tutte. Possiamo coprire completamente la schiena: molto di tendenza, oppure *ranimer la soirée*, come dicono i cugini d'oltralpe, con un tocco di classe di un centimetro quadrato appena, non so una coccinella, un petit papillon, ma proprio lì, sul punto giusto. Mi ha capito?» chiese a Curreri, sporgendosi verso di lui, ammiccando leggermente con le sopracciglia. I due rimasero a guardarlo, imbambolati. L'uomo sembrò riflettere un istante e quindi disse: «Oppure se avete delle vibrazioni maori...»

Curreri alzò una mano per fermarlo. L'altro tacque subito e lo guardò, incoraggiante. Forse sarebbero arrivate finalmente delle istruzioni precise.

«Polizia» fu tutto quello che riuscì a dire il commissario.

38

«Senti, chi è quella pazza nel bagno? Sta schizzando acqua dappertutto e mi ha preso il pupazzo di gomma» protestò Picchio.

«È una bambina e noi la dobbiamo aiutare» rispose il professore.

«Assolutamente» convenne Smilzo. Non aveva sentito il cane e pensava che il professore si stesse rivolgendo a lui.

In quel momento la piccola entrò in soggiorno imbacuccata in un asciugamano, scalza, coi capelli bagnati, e ancora tutta rossa per il bagnetto. Si piantò in mezzo alla stanza, poi si guardò intorno smarrita.

«Si può sapere che c'è?» le chiese Picchio.

Lei lo guardò.

Lo sente, pensò il professore, stupefatto, lo sente anche lei.

Cercò di cambiare discorso. «C'è qualcosa che dovrei dirti, ma non ricordo cosa» disse a Smilzo.

Lui sospirò. Aveva capito che sul professore non si poteva fare affidamento. Dimenticava tutto, era distratto, faceva fatica a capire le cose. Troppo anziano. Aveva sperato che potesse aiutarli ma era lui che aveva bisogno di aiuto, piuttosto.

La bambina dormiva, finalmente. Le avevano preparato il lettino nella stanza degli ospiti e adesso Smilzo e il professore cercavano di capire cosa c'era da fare.

In quel momento squillò il telefono.

«Ecco, adesso mi ricordo! Hanno telefonato, prima. Era per la bambina.»

«Chi?»

«Un tipo maleducato, ha detto che sapeva dove trovarci.»

Smilzo era spaventato, il telefono continuava a suonare. «Che vuol dire che sapeva come trovarci?»

«Non lo so, parlava di briciole, come Pollicino.»

È esasperante, pensò Smilzo affranto, starsene qui, fra l'Alzheimer del professore e il telefono malefico.

Mentre si angustiava su cosa fare, valutando l'ipotesi di precipitarsi alla porta, fuggire e abbandonare la piccola insieme al professore, magari lui le poteva fare da nonno e in un lampo di lucidità poteva anche trovare una soluzione che Smilzo non riusciva proprio a vedere, l'anziano prese il cellulare e rispose. «Pronto?» disse, tranquillo.

No no no. Che fa questo vecchio pazzo: risponde? Ci vuole consegnare nelle mani dell'Anonima Assassini? Smilzo si mise le mani nei capelli.

«Sì, glielo passo subito» stava dicendo intanto l'altro, dopo aver ascoltato chi c'era in linea, e porgendogli quindi il cellulare: «... è per te».

«E certo, per chi deve essere?» sbottò Smilzo. «È me che stanno inseguendo, me che vogliono uccidere, è a me che ha sparato, quell'uomo tremendo!»

«Non è un uomo, è una donna.»

«Cosa?»

«Una donna. Ha chiesto di parlare con te.»

In Smilzo si accese una piccola luce di speranza. Qualcuno della famiglia della piccola, finalmente ce l'avevano fatta. Prese il telefono. «Pronto?»

«Ciao.»

Quella voce inconfondibile. «Veronica?»

«Scusami per l'ultima volta, sono stata precipitosa. Mi dispiace.»

«Io...» Non credeva alle sue orecchie, Veronica che diceva 'mi dispiace'.

«Lo so, non ti aspettavi che ti chiamassi, ma proprio non ho potuto non farlo.»

«Come... come hai avuto questo numero?»

Sentì il piccolo sbuffo d'aria che era la sua risatina di superiorità.

«I numeri restano nelle memorie dei cellulari. Tu mi chiami, io so come richiamarti. Semplice, no?»

Semplice un corno. Quando stai cinque anni fuori dal mondo niente è semplice. Perché mi sta richiamando, si chiese.

«Ti sto richiamando perché voglio scusarmi» disse lei.

Mi legge nel pensiero, come la bambina, come tutti, sono un celenterato, una medusa gelatinosa a cui si vede attraverso.

«C'è la bambina, con te?»

Che c'entra la bambina, adesso? «Come fai a sapere della bambina?»

Veronica, rise, più apertamente, stavolta. «Ma me l'hai detto tu.»

Ah già è vero, si disse Smilzo, mi riconfermo idiota dell'anno, anzi no, del secolo.

Il professore lo guardava sorridendo, rassicurato dalla conversazione telefonica. Annuendo appena con la testa.

«Senti Veronica, io vorrei stare qui a parlare con te, davvero, ma...»

«Voglio aiutarti...» disse lei.

«Non credo che tu possa. Grazie comunque. È stato bello risentirti, ma...»

«Ascolta, vediamoci al bar, a piazza delle Tartarughe.»

«Dove?»

«Hai capito bene: dove ci vedevamo sempre, ai bei tempi. A piazza delle Tartarughe, fra... diciamo venti minuti, mezz'ora. Porta la bambina.»

«Ma...»

«Venti minuti, mezz'ora al massimo.»

La linea restò muta. Veronica aveva riattaccato.

«Ce ne dobbiamo andare» disse Smilzo.

«Chi?» chiese il professore.

«Tutti!»

39

Il cucchiaino girava in una sostanza liquida di colore verdastro che il tatuatore aveva assicurato essere caffè vergine del Guaranà, non torrefatto.

Il commissario stava girando da un bel po', restio a passare alla fase due: berlo.

Si trovavano nel retrobottega del laboratorio, invaso di cianfrusaglie come l'altro ambiente, ma anche attrezzato con un fornello, un lavello e un letto.

«Il mio piccolo nido» aveva detto il tatuatore, che a Curreri restava inspiegabilmente simpatico, invitandoli «al suo umile desco per una bevanda ristoratrice».

Be', eccoci qui, pensò il commissario, la ricreazione è finita, è ora di fare le domande. Si rivolse al loro ospite: «Grazie dell'ospitalità, signor...?»

«Sandokan» si presentò l'altro, con un sorriso e un cenno della testa.

Certo, e io sono Yanez, si disse Curreri.

«Dovrebbe dirci il suo nome vero» specificò l'agente Micci, prevenendo la sfuriata del commissario.

Il tatuatore mise su un'espressione offesa. «Ma Sandokan *è* il mio nome vero. Il nome con cui esprimo la mia arte, il nome con cui sono conosciuto nei più importanti meeting mondiali di *tat-*

too. E poi che cos'è un nome, come dice Shakespeare: solo un apostrofo rosa.»

«No, guardi che un apostrofo rosa lo dice Cyrano, e non si riferisce al nome, ma al bacio» puntualizzò Micci. Curreri non si intromise, essendo all'oscuro dei fatti.

«Ah davvero? Ma che importa poi chi lo dice?» argomentò Sandokan, con frivolezza. «L'importante è l'illusione, la finzione del vero, o, in altre parole, la suprema verità dell'assurdo.»

«Grande!» concordò l'agente, estasiato.

Il commissario batté un pugno sul tavolo. Si sollevò una nuvola di polvere nel silenzio improvviso.

Micci abbassò lo sguardo, il tatuatore inarcò le sopracciglia.

«Generalità complete, nome cognome, domicilio» disse Curreri, arcigno, mentre dentro si sentiva un idiota.

L'altro arricciò appena il naso, sospirò e infine disse, con parole che sembravano tirate fuori una a una con le pinze: «All'anagrafe risulto ancora come Rocco Capitone, fu Sabatino, Nocera Inferiore, ma sono in itinere per il cambiamento di cognome, la pratica è a buon punto e a breve sarò Baba Sandokan anche sulla carta d'identità».

«Baba Sandokan?» chiese conferma Curreri.

«Sì. E lei vuole sembrare più rozzo di quanto non sia in realtà, vorrei proprio sapere perché asseconda così il suo lato oscuro» sentenziò il tatuatore.

Vorrei saperlo anch'io, pensò Tano.

«Conosce i vicini del piano di sopra?»

«Certo, la signora Narelli.»

«E la figlia?»

«Sì, mi dispiace molto per quello che è successo... Ho letto la notizia sui giornali.»

«Che tipo era?»

«Artistica, molto bizzarra, imprevedibile. Comunque tutte impressioni d'emblée, le mie, la conoscevo pochissimo, qui non c'era quasi mai.»

«E la bambina?»

«Quale bambina?»

«Quella che stava con lei.»

«Non so, non l'ho mai vista.»

Sembrava sincero. Il commissario gli mostrò la foto del supermarket, dove si vedeva la bambina vicino alla donna.

«Guardi bene.»

Rocco Capitone alias Sandokan studiò la foto con attenzione, e a un tratto sembrò ricordare qualcosa. «Forse...» disse, più a se stesso che agli altri.

«Forse cosa?» lo incalzò il commissario.

«Ecco, una volta, tre o quattro mesi fa mi pare, la ragazza venne qui con una bambina piccola, che potrebbe essere questa, sì, ma l'immagine è così sgranata.»

«E chi era questa bambina?»

Il tatuatore si strinse nelle spalle. «Non lo so, non me l'ha detto.»

«Almeno il nome della bambina, gliel'ha detto?»

«No, mi dispiace. Mi pare che lei la chiamasse baby.»

«Baby» commentò il commissario, scettico.

«Sì» disse l'ometto, contrito.

«Quanti anni ha la bambina?»

«Senta commissario, lei mi fa delle domande... Che ne so io quanti anni ha la bambina? Non so, non me ne intendo... forse due o tre.»

«E perché è venuta qui?»

«Per fare un tatuaggio.»

Micci intervenne «Sì, coincide, la ragazza aveva dei tatuaggi sulla spalla.»

«No, non avete capito» puntualizzò Sandokan. «Ha voluto che facessi un tatuaggio sulla bambina.»

«Che tatuaggio?»

«Era una specie di formula, me l'ha portata scritta su un foglietto.»

«Lei lo sa che i tatuaggi sono vietati sui minori?»

«La ragazza mi ha detto che era un salvavita, la formula di un farmaco indispensabile per la bambina.»

«Che farmaco?»

«Non lo so, era una scritta complicata, un codice chimico, forse. Sembrava una cosa per addetti ai lavori.»

«E lei ha tatuato una bambina di due o tre anni con un'equazione incomprensibile, come se niente fosse?»

«No. Io mi sono rifiutato, all'inizio, giuro. Le ho detto di no, che non potevo farlo. E allora lei mi ha garantito che era una formula salvavita grazie alla quale, se fosse capitato qualcosa alla piccola, in qualsiasi parte del mondo, in qualsiasi momento, i medici avrebbero potuto salvarla.»

«Si ricorda com'era questa formula?»

«Ma nemmeno per sogno, troppo astrusa. Però...»

«Però cosa?» latrò Curreri, che non ne poteva più delle pause di Sandokan.

«Però forse ho conservato il biglietto su cui era scritta.»

40

Band on the Run, cantava Smilzo nella sua testa. La vecchia canzone dei Wings accompagnava silenziosamente il loro darsela a gambe, come un disco in vinile rotto che si incanta sempre nello stesso punto. Perché io che sono nato *dopo*, conosco questa musica vecchia come il cucco e mi viene in mente il giradischi con la puntina che era già antico ai tempi del professore, si chiese Smilzo, mentre la sua band on the run gli correva alle calcagna. Perché sono una monade avulsa da qualsiasi cosa, si rispose. Eppure ho dei seguaci, eccoli qui che corrono con me. Gente in fuga.

Erano lui, il professore, la piccola e il chihuahua: l'armata Brancaleone della Caporetto a casaccio, i desperados delle gambe in spalla.

Smilzo li aveva presi tutti in blocco, così come si trovavano, la confezione completa, e si era precipitato fuori dell'appartamento, con la piccola in braccio. « Corriamo » aveva detto semplicemente.

« Ma perché? » ansimava dietro di lui il professore, arrancando con passo gagliardo nonostante l'età. Teneva in braccio Picchio che li guardava digrignando i denti.

« Perché sì » tagliò corto Smilzo.

« Dove stiamo andando? »

« Da tutte le parti meno che a piazza delle Tartarughe. »

Aveva riconosciuto subito il vecchio codice.

Veronica aveva voluto dirgli qualcosa, usando quel sistema infantile che si erano inventati all'inizio della loro storia, quando erano innamorati veramente e tutte le volte che se ne volevano stare da soli, senza i parenti di lei attorno, o altre scocciature, avevano stabilito alcune parole d'ordine tutte loro.

L'appuntamento a piazza delle Tartarughe significava scappa il più lontano possibile, rompiscatole in vista.

« Non so quanto resisterò, è parecchio che non corro » riuscì a dire con un filo di voce il professore.

Non lo so nemmeno io, pensò Smilzo, continuando a correre, anzi credo di avere finito la resistenza, sto andando avanti per forza di inerzia e non so nemmeno dove.

« Dove stiamo andando? » chiese il professore.

Ecco, appunto.

« Dobbiamo trovare un posto sicuro » disse con convinzione.

« Spero di arrivarci ancora vivo » esalò l'altro.

Anche io, pregò Smilzo.

41

È stato ucciso con un colpo di pistola, aveva detto il commissario.

E siano ringraziati tutti i santi del purgatorio, non sono stato io, lo sapevo, era vivo quando ho chiamato i soccorsi. Don Pietro si sentiva frastornato, da una parte c'era il sollievo di non avere a che fare con la morte dell'uomo trovato sul Tevere, e dall'altra c'era l'angoscia degli accadimenti degli ultimi giorni.

Durante la visita della polizia aveva cercato di mantenere la calma, ma le rivelazioni del vecchio Dimitri sull'altro uomo, quel Volk, gli avevano gettato addosso tutto il peso della propria inefficienza, l'incompetenza, la cecità.

Ora, nel silenzio della sua stanzetta, sentiva che stava cedendo alla disperazione del non sapere che fare.

La sua era stata una vita movimentata, fino a pochi giorni fa, ma si era mantenuta nei limiti della missione che aveva scelto di compiere. Certo una comunità come quella che guidava non era un albergo a cinque stelle o la sala riunioni delle dame di san Vincenzo, piccoli inconvenienti ce n'erano sempre stati. Lui stesso aveva a volte interpretato elasticamente i dieci comandamenti, salvaguardando sempre il fine ultimo ecumenico e teologico. Ma un omicidio...

La notte porta consiglio, dicono, pensò. Ma questo vale forse per gli altri, quelli che dormono tranquilli, e non si ergono a pastori di anime, incaponendosi a guidarle verso la direzione che si pensa sia quella giusta e che forse, invece, è sbagliata. E forse ce la fanno benissimo da sole, le anime, a percorrere il tortuoso cammino verso... Verso cosa? Certe volte aveva paura della risposta e la scacciava da sé, anche se la domanda tornava sempre, nei momenti più impensati, a frastornarlo.

Qui la notte porta fantasmi, polvere di vite che cercano luce mentre io, più cieco dei ciechi, ho la presunzione di guidare questi cuori spaventati verso attimi di pace. Io, che la pace non l'ho mai provata.

Se solo avessi saputo, pensò, che questo cammino terreno è una fila di ciechi condannati a precipitare nell'abisso uno dietro l'altro, senza scampo, come nella Bibbia, o nel quadro di Bruegel, che sta appeso proprio di fronte al letto, a sempiterno memento mori.

Ebbene? Se solo avessi saputo, cos'altro avrei potuto fare se non tentare lo stesso?

In quel momento sentì bussare, di sotto, al portoncino.

Guardò l'ora: le due e venti.

Chi poteva essere a quell'ora? Qualche disperato che chiedeva asilo, magari ubriaco, magari furioso. Ma l'ingresso al dormitorio era consentito solo fino alle ventidue, e gli ospiti abituali sapevano bene che non si derogava, perché la notte è un territorio oscuro dove si aggirano solo anime in pena che cercano guai, o li portano.

Chi stava bussando, però, non demordeva.

Se continua così mi sveglia tutti gli ospiti, pensò don Pietro. Quaranta barboni in un dormitorio strutturato per venti persone al massimo, buttati dal letto alle due di notte, chi li avrebbe tenuti più?

Baraonda assicurata. Erano come bambini, rumorosi, indisciplinati, rissosi, e stanchi, tanto stanchi. Avevano il diritto sacrosanto a quelle poche ore di sonno. E di oblio.

I colpi al portoncino non davano tregua. Don Pietro mise i piedi a terra, e decise di andare ad aprire, venendo meno ai suoi buoni propositi.

42

Il mio impero si sfracella, come il mio corpo, pensò Brandt. E tutto per colpa di un caso, una fatalità imprevista. Quel giorno maledetto in cui tutto era stato pianificato nei minimi dettagli, tutto era andato storto perché un idiota spurio, un meteorite vagante a caso nell'immenso ordine stellare, si era inserito nel meccanismo perfetto facendolo saltare con una rapina da quattro soldi.

Bastava neutralizzare quella donna e prendere la bambina. Stop, fine.

E invece...

Il suo studio gli parve all'improvviso opprimente, gli mancava l'aria.

Andò alla finestra, scostò con malagrazia i pesanti tendaggi, e aprì le imposte, guardò in alto verso il cielo grigio e respirò a fondo.

Ma il senso di oppressione rimase. Abbassò lo sguardo verso il viale furiosamente invaso di macchine strette fra loro nella morsa del traffico. Era sempre meravigliato nel constatare la pervicacia degli esseri umani a muoversi ciecamente intorno, avanti, indietro, alla ricerca vana di mete fasulle, devianti e ininfluenti. Era tutto talmente inutile, talmente puerile. Non si rendevano conto che ogni cosa, incluse le loro vite, era nelle mani di altri, in un altrove per loro irraggiungibile e misterioso. Povera gente.

Qualcosa lo rubò ai suoi pensieri. Colpetti sordi, nervosi. Stavano bussando alla porta.

Prima di rispondere si prese il tempo di richiudere le imposte e tirare di nuovo le tende.

Quando si voltò per dire «avanti», scoprì che la segretaria era entrata senza aspettare il suo permesso. Strano, la donna era l'immagine della deferenza, mai si sarebbe sognata di fare qualcosa senza il suo placet. Ora invece, mezza affacciata alla porta, sembrava solo intimorita. Ma non da me, notò l'avvocato con un certo disappunto, da qualcos'altro.

«Avvocato, c'è la polizia» disse lei con un leggero affanno nella voce.

Come hanno fatto, pensò Brandt, restando impassibile. «Faccia passare.»

La segretaria sparì e sulla porta rimasta aperta comparvero due uomini. Li inquadrò subito: il Capo e il Tirapiedi.

Sorrise e si presentò: «Buongiorno, sono l'avvocato Brandt».

«Buongiorno» disse il Capo, e aggiunse: «Sono il commissario Curreri e questo è l'agente Micci», poi i due entrarono e Curreri chiuse la porta alle sue spalle, con un gesto misurato e sicuro.

Bene, pensò Brandt, il Capo si muove come se fosse nel *suo* ufficio e non nel mio. Una prova di forza. «In cosa posso aiutarvi?» chiese con cordialità.

Il commissario, invece di rispondere, si guardò intorno, valutando apertamente l'opulenza dell'ambiente. Poi riportò lo sguardo sull'avvocato. «Bel posto» disse.

L'altro sorrise e piegò leggermente il capo. «Grazie, apprezzo molto che sia venuto fin qui a dirmelo di persona.»

L'agente Micci che seguiva il dialogo andando con lo sguardo dall'uno all'altro, come in una partita di tennis, convenne: «Veramente bello».

Curreri lo gelò con gli occhi. L'agente si mise prontamente a fissare in silenzio il portapenne in alabastro sul ripiano della scrivania.

Il commissario riprese il dialogo con l'avvocato.

«Brandt è un bel nome. Di dov'è?» chiese amabilmente.

«Origini svizzere.»

Curreri fece un cenno di apprezzamento: «Però...»

L'avvocato sembrò annoiato. «E...?»

«Oh, ma certo! Mi scusi la divagazione» disse Curreri con aria innocente.

Brandt fece un gesto con la mano come a scacciare un cattivo odore. «Lasci stare. Mi dica piuttosto a cosa devo l'onore della vostra visita.»

«Dovremmo farle alcune domande, se non le dispiace» disse il commissario.

«In merito a cosa?»

«A un'indagine che stiamo conducendo. E che per il momento è coperta da segreto istruttorio, per cui non posso essere più esplicito.»

L'avvocato sorrise e con un largo gesto della mano li invitò a sedersi di fronte alla sua scrivania.

«Prego, accomodatevi.»

Tutti presero posto, in un ovattato silenzio.

Cosa vuole dimostrare costui, si chiese Brandt, mentre intanto diceva: «Un caffè?»

«No, grazie, vorremmo entrare subito in argomento.»

L'avvocato sorrise graziosamente, come un monarca benevolo e magnanimo alla ridicola richiesta del più umile dei suoi sudditi. «Mi dica pure.»

«Lei è amministratore unico della holding Buonconsiglio.»

«Ho questo privilegio, rappresento gli eredi.»

«Grande patrimonio.»

«Cospicuo» disse Brandt con un guizzo di malcelata strafottenza negli occhi.

«E chi amministra, ha minestra, no?»

Brandt non capì, sulle prime, corrugò la fronte. «Cosa?»

«Un vecchio detto di questa strana città in liquidazione incontrollata, chi amministra resta sempre con qualcosa in mano.»

Brandt sbottò. «Ma come si permette?»

Il commissario fece un'espressione contrita. «Ha ragione, mi scusi l'inopportuna divagazione. Torniamo in tema. Lei conosce una certa Maria Jolanda Narelli?»

Brandt sembrò riflettere qualche istante, poi scosse la testa. «Questo nome non mi dice niente.»

L'agente Micci fece scivolare una foto sulla scrivania, sotto gli occhi di Brandt. «Guardi bene, forse ora la riconosce.»

L'avvocato studiò la foto, arricciò la bocca e poi disse: «No, mi dispiace».

«È sicuro?»

«Assolutamente.»

Curreri si appoggiò allo schienale della sedia, rilassato. «Bene, ci siamo sbagliati.»

L'avvocato fece per alzarsi. «Allora abbiamo finito.»

«Non ancora.»

L'uomo sedette di nuovo. «Che altro c'è?»

«Sa dirmi qualcosa di un tal Gheorghius Karfarian?»

Brandt reagì come se, invece di un nome, avesse sentito un rumore sgradevole e fastidioso. «Non capisco, cosa ha detto?»

Micci allora scandì lentamente: «Ghe-or-ghius Kar-fa-rian.»

«Nome alquanto inconsueto... Provenienza?»

Curreri allargò le braccia. «Chi lo sa. Armeno, georgiano, kirghiso, non si riesce a risalire a una nazionalità certa. E nemmeno a un'identità sicura.»

«E la viene a chiedere a me?» sbottò l'avvocato. «Forse ha voglia di scherzare» concluse.

Il commissario si staccò dallo schienale della sedia e si protese verso di lui, fissandolo dritto negli occhi, la fronte appena aggrottata. «Non scherzo mai quando c'è un morto di mezzo.»

L'avvocato si strinse nelle spalle. «Mai sentito.»

«Strano.»

«E perché?»

«Perché su un conto corrente riconducibile a quest'uomo, abbiamo trovato bonifici consistenti provenienti da una società del gruppo che lei amministra.»

«E questo cosa vuol dire? Del nostro gruppo fa parte una miriade di società, grandi, medie, piccole e piccolissime. Può essere un nostro funzionario, un impiegato, un consulente, un fattorino, non so, non li conosco tutti.»

«Capisco» disse il commissario, con l'espressione di uno che non ha capito niente, in realtà. Aveva appurato nel tempo che quel tipo di faccia da gnorri era quella giusta per gli interrogatori informali. Un po' alla tenente Colombo, della serie 'casco alle nuvole', ma funzionava quasi sempre. La gente ci cascava, cominciava a credersi più furba della polizia e commetteva degli errori.

«Allora mi consentirà di verificare con i suoi uffici amministrativi, se quest'uomo...»

Brandt non lo fece concludere. «No, non glielo consentirò. I miei uffici hanno altro a cui pensare.»

«Capisco» ripeté Curreri.

«No, non credo che lei capisca.»

«Sa che ha ragione? C'è proprio una cosa che mi sfugge.»

«E cioè?»

«Quest'uomo, questo Karfarian, detto lo Specialista, girava molte delle somme che riceveva da una società controllata dalla sua holding a un'altra persona. Esattamente alla signorina Maria Jolanda Narelli. Mi segue?»

«No.»

Il commissario finse di pensare intensamente. «Glielo spiego meglio. Diciamo che, in parole povere e salvo errori e omissioni, visto dal di fuori, sembra che lei, attraverso il Karfarian, pagasse la Narelli. È più chiaro adesso?»

«Non so di cosa stia parlando.»

«Sto parlando di un legame, esistente, fra una donna morta ammazzata e lei, avvocato Brandt.»

43

«Chi è?»

«Noi.»

Ma noi chi? Noi chi, santissimi tutti quanti in coro, quelli di ieri di oggi e di domani.

Don Pietro certe volte li avrebbe strozzati, quei poveri disperati che cercavano asilo sotto il tetto precario della comunità. Non si riusciva a inculcare in quelle teste di coccio nemmeno l'a-b-c del minimo dei minimi del comportamento sociale, tipo qualificarsi dopo aver bussato.

Tirò un sospiro di rilassamento e chiese: «Voi chi?»

Di là dal portoncino chiuso iniziò un confabulare concitato.

Stanno stabilendo chi sono, non lo sanno nemmeno loro e fanno il capannello per decidere da quali ectoplasmi si sono materializzati. Come sempre quando rifletteva su queste cose, don Pietro si trovava diviso in due tra una tenerezza infinita per la vulnerabilità dei suoi ospiti, e uno sfrigolio di strangolamento che gli solleticava la punta delle dita. Meno male che non li ho sotto mano, pensò.

Il parlottio dietro il portoncino continuava.

Decise di cambiare domanda, l'altra era stata troppo impegnativa per loro. «Che cosa volete?»

Subito il parlottio si spense.

Poi una voce disse: « Asilo ».

« L'asilo è chiuso a quest'ora. Tornate domattina. »

« Il diritto d'asilo è sacro a tutte le ore. »

Non aveva torto, la voce, che aggiunse: « Almeno apra lo spioncino ».

E certo, così mi spari in un occhio. « Avete armi? » chiese don Pietro.

Silenzio.

Poi il confabulare riprese, più concitato di prima.

Vedi che ci ho preso, pensò don Pietro, sono criminali incalliti che si spacciano per poveracci e ho fatto bene a essere prudente. « Allora? »

Dopo un istante la voce di prima disse, conciliante: « Senta padre, al momento abbiamo solo un temperino, però se le servono armi possiamo provare a procurarcele, solo ci deve dire dove, perché non siamo del giro ».

Ho capito, sospirò don Pietro, oltre ai senzatetto, agli sbandati, agli emarginati in generale, adesso mi arrivano anche i matti.

« Tornate domattina » disse di nuovo.

« Non possiamo, ci deve far entrare adesso. »

Ma tu senti l'impudenza. « E perché? »

« Perché domattina saremo già morti. »

44

Brandt non riusciva ancora a capacitarsi. La polizia, brancolando alla cieca e senza capire nulla di quanto era successo, si era presentata nel suo studio, uno dei più importanti d'Europa, e aveva osato associarlo all'omicidio. Omuncoli, cialtroni che non sapevano con chi avevano a che fare.

Certo qualche sbavatura c'era stata. Le scatole cinesi, per esempio, troppo poche, e così erano arrivati al passaggio di denaro.

Quando aveva sentito nominare la Narelli gli era salito il sangue agli occhi.

Quella stupida degenerata, tossica, squilibrata.

Le aveva affidato la bambina, all'inizio. Doveva solo tenerla nascosta il tempo necessario. E invece quell'idiota era sparita. A un certo punto non c'era più, e neanche quella vecchia inutile della madre era servita a ritrovarla. E sì che lo Specialista non era uno che le mandava a dire.

Karfarian gli era stato segnalato da un socio di minoranza di una società del gruppo che costruiva gasdotti. Veniva dalla Cecenia, forse, o dall'Inguscezia. Ma dove li trovavano quei nomi questi ex comunisti russi.

Era un tipo abbastanza terrificante, una statua umana di ghiaccio corrosivo. Non era mai riuscito a vedergli gli occhi, da quanto erano infossati. Però era uno che sapeva fare il suo lavoro.

L'aveva sguinzagliato e un bel giorno lo Specialista aveva rintracciato la Narelli. Era con la bambina, e lui l'aveva seguita, e quel giorno stesso aveva deciso che avrebbe concluso la missione. Quel giorno maledetto in cui tutto doveva andare liscio.

E invece.

45

Piazza delle Tartarughe è il nome familiare con cui a Roma viene chiamata piazza Mattei, a implicito apprezzamento della bella fontana che sta, lievemente decentrata, al suo mezzo.

Omar, venditore ambulante di calzini e merce varia, stava ammirando con occhio esperto la struttura marmorea e le statue dei putti che sorreggono le tartarughe, quando vide la strana coppia arrivare da via Paganica.

Li notò subito perché erano veramente male assortiti e lui poteva ben dirlo, visto che al suo paese era architetto e aveva l'occhio clinico per la bellezza ma anche per gli stridori estetici di qualsiasi tipo.

Lei era una bella donna bionda sui trent'anni, ben vestita e curata, alta e sicura di sé, dallo sguardo fiero. Lui era un uomo robusto, dalla testa rasata e in parte fasciata, lo sguardo impenetrabile in fondo a due orbite scure.

Lei sembrava una modella, di quelle che si muovono sempre come se si aspettassero di essere fotografate da un momento all'altro, sempre in posa. L'uomo, invece, aveva l'aria di un militare di qualche corpo speciale in attesa di un agguato: teso, sul chi vive.

Omar ne sapeva qualcosa di corpi speciali. Dalle sue parti si massacravano ogni giorno fazioni diverse, tribù diverse, famiglie diverse.

Ormai da noi si lotta per lottare, non per arrivare alla fine della lotta. Si sono dimenticati perfino il perché sia cominciato tutto, e si combatte così, perché non si sa fare altro. Io, sempre ringraziando gli spiriti degli alberi e di tutte le cose, con i miei calzini e questa stupenda fontana davanti agli occhi, con l'acqua che ride sulle bocche dei delfini di marmo e le piccole sagge tartarughe che cercano di bere dal bordo della grande vasca, vedo la pace ogni giorno.

Comunque quei due non sono proprio per niente una coppia assortita bene, perché non si amano. Si vede dall'atteggiamento. Non si guardano nemmeno. L'uomo la tiene per mano, sì, ma più come se volesse tenerla prigioniera che come se volesse proteggerla e guidarla.

Gli sembrò addirittura che lei a un tratto stesse cercando di sfilare la mano dalla presa di lui, ma la morsa dell'uomo sembrava d'acciaio.

Va bene, fatti loro, si disse e tornò a guardare la bella fontana rinascimentale, progetto di Giacomo della Porta. Stare a Roma da venditore ambulante di calzini aveva il vantaggio di non farti morire di fame, rischio che correva ogni singolo istante passato al suo paese al centro dell'Africa, e soprattutto aveva l'enorme pregio di accontentare i suoi occhi assetati di bellezza con le linee e le forme e le curve e le ombre dei più bei monumenti del mondo. Gli sarebbe piaciuto fare l'architetto nel proprio paese, avrebbe costruito delle stupende casette per tutti e scuole luminose e colorate per i bambini, ma il guaio era che al suo paese gli architetti servivano poco. Molto poco. Anzi quasi per niente.

I capelli della Bionda erano così brillanti che lo distrassero dalle sue riflessioni. Lo sguardo di Omar ricadde sui due. Vide che lei cercava ancora di staccarsi dall'uomo, scrollando il braccio, senza riuscirci. Lui le stava dicendo qualcosa con rabbia, indicava intorno e si inferociva sempre di più. Sembrava che la donna cercasse di argomentare qualcosa, con la bella testa al vento, ma invano.

Non c'era nessuno intorno. La piazza era vuota, salvo la strana coppia e lui, il venditore di calzini, che però era in un cono d'ombra laterale, e quindi pressoché invisibile ai due.

A un tratto vicino alla coppia si materializzò dal nulla un mendicante.

Chissà dove si nascondeva, fino a un attimo prima, forse sotto un sampietrino.

Il nuovo venuto cominciò a chiedere l'elemosina in modo assillante, tirando l'uomo per la manica e palpeggiando concitatamente il braccio della donna.

Omar lo conosceva bene, era Orazietto, un furbacchione nato e cresciuto che prendeva il trenino dalla provincia tutte le mattine alla stessa ora per sbarcare a Termini, con una regolarità cronometrica, nemmeno avesse dovuto timbrare il cartellino in qualche ministero. Si portava un cambio d'abito dentro un sacchetto di plastica e si spogliava al bagnetto del bar di via dei Cocci. Poi, con gli stracci da morto di fame, si appostava in piazza Mattei e saltava fuori come un grillo quando adocchiava qualche preda interessante. Di solito si appiccicava ai turisti, letteralmente, che non riuscivano più a staccarselo di dosso e alla fine gli davano qualche moneta pur di liberarsi di lui.

Omar un sacco di volte aveva pensato di lasciare il commercio dei calzini, associarsi a Orazietto e passare al business dell'elemosina, che aveva capito essere infinitamente più redditizio, ma tra i suoi avi in Africa c'era un principe reale, che pure da morto si sarebbe vergognato di lui se avesse intrapreso la carriera dell'accattone. E poi sapeva che non sarebbe stato capace di assillare la gente in quel modo.

Vide che il mendicante si era appeso alla giacca dell'uomo e la tirava insistentemente.

«Una monetina, per favore, aiutatemi, una monetina per un

pezzo di pane» la sua voce lamentosa echeggiava tra i bei palazzi della piazza, come in un teatro.

All'inizio l'uomo provò a scrollarselo di dosso. Gli allungò anche qualche calcio e qualche colpo senza risultato, se non quello di far aumentare la frenesia del mendicante e la sua lagnosa insistenza.

«Una monetina, bello signore, buona fortuna, dammi una monetina!»

La litania del mendicante si srotolava in un crescendo che andava di pari passo con i palpeggiamenti e le tirate di giacca. Tanto che l'uomo, visto che l'altro era rapace e non si scollava, mollò di colpo il braccio della Bionda e colpì Orazietto con un diretto al volto. La forza del pugno sollevò in aria il mendicante come un mucchietto di stracci e lo fece volare a terra. «Ma sei scemo?» urlò Orazietto, con quanto fiato aveva in gola, all'uomo che l'aveva colpito.

Approfittando del parapiglia, la Bionda, ormai libera, cominciò a correre. L'uomo fece per gettarsi al suo inseguimento, ma Orazietto da terra gli fece lo sgambetto. «Mi dispiace, cocco, ma te la sei proprio cercata» disse.

L'uomo cadde rovinosamente e andò a sbattere di testa contro il granito di una delle colonnine che circondano la fontana.

Intanto la donna se la dava a gambe. Corre verso di me, pensò Omar vedendo la Bionda avvicinarglisi velocemente. Era rimasto paralizzato dagli eventi. Quello sfogo di violenza lo aveva sconvolto, per un attimo si era sentito perso nella giungla, in fuga da uomini armati di machete.

«Presto, mi aiuti!» gli disse la donna concitata, prendendolo per un braccio e trascinandolo via con sé. Omar fu travolto dal quel turbine umano e cominciò a correre incespicando dietro di lei, cercando di salvare almeno la mercanzia.

46

«Non capisco cosa stiamo facendo qui a quest'ora di notte» disse Picchio.

La bambina gli fece cenno di tacere, mettendosi un dito davanti alla bocca. Il chihuahua si voltò dall'altra parte.

Meno male che non lo sento solo io, il cane, si disse il professore, che sollievo la presenza di questa bambina.

Stavano tutti e tre seduti su un divanetto stretto, in una stanza poco illuminata della comunità. In piedi, in un angolo, Smilzo bisbigliava col prete.

«Ci aiuti» disse per la centesima volta.

Don Pietro rifletteva, voleva fare la cosa migliore, la più gradita a Dio e la più utile per le pecorelle che si erano presentate alla sua porta.

«Dobbiamo andare alla polizia» disse.

«Ma allora non ha capito niente!» protestò Smilzo, accennando ad andarsene.

Don Pietro sentì di aver toccato un tasto dolente. «Va bene, lasciamo stare la polizia. *Per ora.*»

Smilzo tornò verso i tre sul divanetto. «Niente polizia, né adesso né mai. Noi ce ne andiamo. Qui non possiamo restare.»

Don Pietro lo trattenne. «No, aspettate. Dove andate a quest'ora di notte?»

«Ha ragione. Dice le stesse cose che dico io» commentò Picchio, petulante. «Si può sapere dove andiamo a quest'ora di notte?»

«Cuccia» gli disse il professore.

Il prete si voltò verso di lui. «Dice a me?»

Il professore si scusò con un piccolo cenno della mano. «No, niente...»

Don Pietro si rivolse di nuovo a Smilzo. «Intanto per stanotte potete dormire qui. Ma lo capisci da solo che va trovata una soluzione. La polizia è già stata qui e potrebbe anche tornare.»

Il professore dormiva sul divanetto, con la bambina accoccolata accanto e il cane sui piedi. La stanza era al buio, salvo che per la luce dallo schermo del computer.

Il prete e Smilzo erano chini su un foglio di carta pieno di segni, punti, linee di raccordo. Lo schema che stavano cercando di mettere insieme da ore.

«È tutto collegato» disse don Pietro, tirando l'ultima linea fra il nome di Brandt e il pallino che rappresentava Smilzo. Era quasi l'alba e dopo ore di ricerche in Rete si sentiva esausto. «Ma non so come.»

«Nemmeno io» confessò Smilzo.

«L'avvocato vuole te. Ti vuole così tanto che ha trovato me e mandato uno con la pistola a cercarti. Ma perché?»

«Perché io ho la bambina.»

«Bravo. Al centro c'è la bambina.»

Smilzo guardò il terzetto addormentato sul divanetto. Il professore, la bambina e il cane, belli paciosi. Beati loro. L'incoscienza dell'innocenza.

«La donna morta non era la madre. E nemmeno una sorella o una parente, c'è scritto sul giornale. Ma la bambina le voleva bene, ho visto come l'abbracciava quel giorno, quando l'ho trovata.»

Rimasero in silenzio a fissare lo schema illuminato dal computer.

«La donna è morta e non ci può dire niente. Lo sparatore è un prezzolato, sa poco.»

«E il finto prete morto?»

«Volk? Ingaggiato anche lui, magari in appalto. Ha sbagliato e quindi è stato eliminato.»

Smilzo era spaventato e incredulo. «Ma che c'è dietro?»

«Soldi, immagino. Ma non solo. Qualcos'altro.»

Restarono immersi nei loro pensieri, a un passo dal capire eppure lontanissimi.

«Chi è che sa tutto?» chiese a un tratto don Pietro.

«Brandt.»

«Esatto. Ed è a lui che dobbiamo chiedere una spiegazione»

«Ma quello come ci vede ci fa ammazzare.»

«E noi non ci facciamo vedere.»

«Come sarebbe a dire?»

«Ho un'idea» disse il prete, «ma ne riparliamo domattina. Ora dormi.»

Smilzo si guardò intorno. «E dove?»

Don Pietro aprì un armadietto e tirò fuori un sacco a pelo arrotolato. «Qui. Sempre meglio che sotto i ponti.»

47

« Veronica Perini Dambò? »

« Dandò » corresse la Bionda, fulminando il povero agente Micci che stava trascrivendo il verbale.

Curreri e Micci erano intenti a cercare di capire cosa significasse la scritta misteriosa che aveva fornito il tatuatore, quando la donna era entrata in commissariato come una furia, strattonando un giovane ambulante.

Donna puntuta, pensò il commissario, meglio prenderla di sghimbescio che di petto. Si rivolse quindi all'accompagnatore. « E lei? »

« Omar Kufinah » disse il giovane nero che sedeva accanto alla donna.

« Di dove? »

« Repubblica democratica del Congo. »

« Capisco. Siete insieme? »

« No, siamo un'illusione ottica! » insorse la donna. « Se sta vicino a me, ci sarà o no il duemila per cento di probabilità che siamo insieme? »

« Convivente? » chiese il commissario, fingendo un'imperturbabilità che non sentiva.

La donna raddrizzò la testa e serrò le labbra. È pronta a farmi a fettine con le parole, sospirò il commissario, rassegnato.

«Lei cominci a farsi un pacco di affaracci suoi, caro il mio commissario impiccione» disse infatti la Bionda.

«Gentile signora, a me dei suoi affari interessa quanto la vita segreta delle lumache arboricole, questi dati servono per il verbale. In che rapporti è col qui presente signor...»

«Omar Kufinah» completò lui.

«Lui è il testimone chiave, lo vuole capire sì o no? La vogliamo prendere questa denuncia, o mi devo incatenare al palo qua fuori e chiamare i giornali?»

Per carità delle anime buone del creato, pregò tra sé il commissario. I giornali no, lo scandalo, no, la lavata di testa del sovrintendente, no. Il trasferimento in fondo al buco del mondo, no.

Si piegò in avanti verso la donna. «Cosa vuole denunciare?» le chiese con gentilezza.

Non l'avesse mai fatto, la donna si voltò verso di lui fissandolo con due occhi da scalmanata. Lo studiò aggrottando le sopracciglia come per prendere la mira.

Aiuto, pensò Curreri. Anche l'accompagnatore della tipa era preoccupato. L'ambulante stringeva a sé il pacco di calzini come una ciambella di salvataggio in mezzo all'oceano.

«Senta, caro lei!» esclamò la Bionda. «È un'ora che denuncio un sequestro di persona e un rapimento, e sto rimbalzando da un deficiente all'altro! Si qualifichi perché non ho intenzione di perdere altro tempo.»

Lo dicevo che la tipa era puntuta. Tano si schiarì al voce: «Sono il commissario Gaetano Curreri, il responsabile di questa sede».

«Ah. Il responsabile. Figuriamoci gli altri.»

Seguì un silenzio. L'agente Micci aveva smesso di ticchettare sulla tastiera e stava con le mani sospese in aria. «Lo devo scrivere?» chiese senza guardare nessuno.

Curreri fece finta di non aver sentito e proseguì. «Avanti con la denuncia.»

«Era ora» disse la donna. «Dunque, sono stata sequestrata da un energumeno che si è introdotto in casa mia, via Barnaba Oriani 138, circa tre ore fa. Voleva sapere dove stava la bambina, io naturalmente non capivo nemmeno a cosa si riferisse. Mi voleva fulminare con i fili della luce scoperti, quell'orangotango.»

Tano non riusciva a seguirla. Scambiò un'occhiata con Micci, ma quello stava a testa bassa a pigiare sulla tastiera del computer. Quando cerchi un po' di solidarietà non la trovi mai, si disse.

Si rivolse al venditore ambulante. «Può confermare?»

«Ma certo che può confermare!» disse la Bionda. «Ha visto tutta la scena in piazza!»

«Ma era a casa, o in piazza?»

La donna guardò il commissario come se avesse visto un ragno. «Prima a casa e poi in piazza. Mi ha trascinato all'appuntamento che mi ha fatto prendere col mio ex, con la minaccia di uccidermi. È chiaro?»

«Certamente.»

«Poi per fortuna è arrivato il mendicante, si è messo in mezzo e sono riuscita a scappare. Quest'uomo ha visto tutto» indicò Omar, che aveva ormai perso il filo del discorso e si chiedeva quando mai sarebbe potuto tornare a vendere i suoi calzini.

Al commissario Curreri stava cominciando a venire il mal di testa. «Perché, signora, il tizio che l'avrebbe sequestrata...»

«Non usi il condizionale con me, sa» lo interruppe la donna. «Quel condizionale ridicolo che usate per sminuire i reati. Trovate un assassino col pugnale in mano che accoltella la vittima e poi dite 'l'uomo che avrebbe ucciso'... 'il presunto assassino' Ipocriti! Maschilisti! Oscurantisti!»

Il commissario andò ad aprire la finestra, gli mancava l'aria. Micci stava con la mani sollevate sulla tastiera, il segnale che ci voleva un attimo di pausa.

«Signora, è scossa, la capisco. Vuole un caffè?»

«Voglio un caffè?! Ma lei è pazzo. Lo volete andare a catturare quel bandito svenuto sulla piazza?»

L'agente alzò un dito per parlare. Siamo tornati in prima elementare, pensò Curreri. «Parla, Micci.»

«I colleghi della municipale ci hanno informato poco fa che un uomo privo di sensi è stato soccorso in piazza Mattei. È stato portato all'ospedale.»

La donna cominciò a camminare per la stanza gesticolando. «Ah, bene adesso i delinquenti sequestratori li portiamo in ospedale invece che in galera! Bravi, complimenti, continuate così, dategli pure la pensione di invalidità, tanto non si nega a nessuno, no?»

«Signora, si calmi, è tutto sotto controllo» disse vacuamente Curreri. «Perché non cerca di spiegarmi meglio i motivi addotti dal presunto... niente presunto, dal sequestratore, per il suo atto?»

La donna si lasciò sedere accanto all'ambulante, con un'aria rassegnata. «E poi dici perché fanno le barzellette sui carabinieri» disse.

Curreri fece finta di non sentire. «Provi a spiegarmi cosa voleva l'uomo.»

Veronica Perini Dandò fece un piccolo sospiro. «Voleva una bambina. Una bambina che io non conosco e non ho mai sentito nominare.»

Una folata d'aria fredda entrò dalla finestra aperta, facendo rabbrividire la donna.

Volarono in aria alcuni fogli che erano sulla scrivania. Subito l'ambulante e Micci si chinarono a raccoglierli.

«Ma questo... sembra il cifrario di Cesare» disse Omar Kufinah studiando uno dei fogli.

«Che?» chiese Curreri

Il ragazzo sorrise, intimidito, porgendo al commissario il foglietto con il codice del tatuatore.

«No, niente... scusate.»

«No, hai ragione...» disse Micci analizzando la scritta *D.ERFXKO GRAD*, «potrebbe proprio essere quello: un messaggio criptato col cifrario di Cesare.»

Tano era isterico perché non capiva niente del dialogo fra i due.

Micci allora spiegò meglio: «Uno dei più antichi, se non il più antico cifrario della storia. Si sostituisce alla lettera reale un'altra lettera dell'alfabeto spostata di un numero definito di posti. Chiaro?»

«Se si riesce a capire di quanti posti si trasferisce la lettera, allora si decifra il messaggio» concluse Omar, soddisfatto.

Curreri stava per sbottare, quando Veronica Perini Dandò lo precedette. «Ma vi volete muovere o no? C'è un energumeno che sequestra le povere donne e insegue le bambine e voi state qui a giocare agli indovinelli?»

48

Smilzo e il prete stavano appostati sotto l'ufficio di Brandt.

Sepolti fra cataste di libri di seconda mano, avevano trovato un punto d'osservazione all'interno di un negozietto di fronte all'ingresso del suo palazzo. Dreamland Books, diceva l'insegna scritta a mano con intenti alternativi.

La libreria era un antro oscuro, tappezzato di volumi da terra al soffitto e un angolo dedicato ai fumetti, altrettanto stipato di fascicoli e libri. La zona dei fumetti disponeva di una vetrina che dava sul viale, anch'essa quasi completamente oscurata da pile di libri, ma con un molto opportuno oblò centrale rimasto libero, da cui si poteva osservare il portone di Brandt.

Il proprietario del negozio, un ragazzo con la cresta e il piercing al sopracciglio, li aveva guardati per un po' con la coda dell'occhio, poi si era immerso nella lettura di un Flash Gordon anteguerra e se li era dimenticati.

Stavano lì già da una mezz'ora e, per giustificare la prolungata presenza, avevano sfogliato quasi tutti i fumetti a portata di mano, scoprendo così che la zona sottostante l'angolo di visuale prescelto era dedicata all'eros.

Smilzo si stava quasi addormentando in piedi, era troppo stanco, quando don Pietro gli diede una gomitata.

Brandt stava uscendo dal portone. Alla luce del giorno sembrava un vecchio, la pelle giallastra, gli occhi cerchiati.

A pochi metri, l'autista l'aspettava con la portiera dell'auto aperta, l'avvocato vi scomparve dentro. La berlina scura partì lentamente e si immise nel traffico.

Il prete e Smilzo gettarono via i fumetti e si precipitarono fuori. Mentre passavano correndo davanti al ragazzo col piercing, lo sentirono dire, rassegnato: « Grazie, eh? »

La macchina di Brandt procedeva senza scosse, l'autista riusciva a mantenere la direzione senza farsi coinvolgere dal caos del traffico, serbando anzi una specie di aura di intoccabilità intorno all'auto. Sembrava quasi che le altre macchine si facessero da parte per lasciar passare quella berlina scura e lucente, monumento a una ricchezza inarrivabile, impalpabile e misteriosa.

Il motorino di don Pietro rimaneva a un centinaio di metri di distanza. Era un accrocco di pezzi di ricambio assemblati malamente e provenienti da molti motorini di molte marche diverse, ma si districava bene nell'ammasso di lamiere semoventi che lo circondava.

Nessuno dei due aveva il casco, don Pietro perché nella concitazione dell'inseguimento non l'aveva indossato, e Smilzo perché non ce n'era un secondo disponibile.

L'inseguimento non era da film americano ma era comunque efficiente, col loro mezzo riuscivano a tenere una distanza di sicurezza e a superare i blocchi che di tanto in tanto si creavano e si disfacevano nel vortice del traffico.

A un tratto sentirono un fischio lacerante alle loro spalle. Un vigile urbano si stava sbracciando verso di loro.

« Vuole che ci fermiamo. Che facciamo? » chiese Smilzo.

Don Pietro invece di rispondere accelerò, svicolò attorno a un camion della nettezza urbana, passò col rosso, svoltò a destra e filò via. In lontananza si sentì ancora per qualche istante il fischietto del vigile, sempre più isterico, sempre più fioco, fino a spegnersi del tutto.

«Non lo possiamo perdere di vista» si giustificò infine il prete.

Svoltò a sinistra, poi a sinistra ancora e si ritrovarono di nuovo nel flusso del traffico sul grande viale, qualche centinaio di metri più avanti rispetto a prima, ma sempre alle spalle della berlina.

«Speriamo che Brandt non ci abbia visto» disse don Pietro. «Quel vigile era proprio indemoniato.»

E se lo dice lui che è un esperto del settore, pensò Smilzo.

«Che cosa è stato?» chiese Brandt.

L'autista lo guardò dallo specchietto retrovisore. «Niente, un vigile nervoso e un motorino con due senza casco.»

«La gente non ha più un minimo di regole, al giorno d'oggi» commentò l'avvocato.

«Selvaggi» convenne l'autista.

Sono immerso in un mondo di falliti che consumano aria e sono dovunque, pressano, spingono, blaterano.

Brandt a volte provava un odio così potente per la massa di invertebrati che vedeva vagolare per il mondo intorno a lui che pensava avrebbe potuto distruggerli con la sola forza del pensiero. Era certo che se appena si fosse concentrato un infinitesimale istante di più li avrebbe sterminati tutti. E a quel punto si tratteneva, con fatica e un sospiro amaro, ma si tratteneva. Quella massa di corpi inutili costituiva purtroppo anche il motore che pompava denaro continuamente nelle casse del gruppo e nelle sue tasche. Per quanto li odiasse doveva augurarsi che si moltiplicassero all'infinito. Quando leggeva che la popolazione mondiale cresceva a ritmi vertiginosi provava un fremito di piacere irrefrenabile. Crescete e moltiplicatevi, pensava. Spendete e consumate. Lo facevano ridere le propagande politiche uguali in tutto il mondo. Da una parte si raccomandava alla gente di non sprecare, per carità, lavatevi poco, l'acqua scarseggia e soprattutto, ma questo non si dice, serve alle industrie per produrre oggetti che poi bisogna comprare. Usate poca elettricità, spegnete gli elettrodomestici che consumano troppo, però comprateli mi raccomando. Usate poco la macchina, inquina, ma compratela tutti, cambiatela spesso e se l'avete già cambiata l'anno scorso fate altri figli che la cambieranno loro altre mille volte. Risvolti diversi, sì, ma alla fine quello che faceva girare il mondo era il consumo. E più gente c'era e più consumava.

The big party. E lui doveva esserci, a questa festa.

«Faccia più in fretta» disse all'autista.

49

Stavolta voleva vedere con i suoi occhi, e soprattutto voleva mettere l'uomo spalle al muro e farsi dire tutto. Ormai aveva capito che era tutto collegato. Solo, vai a capire come.

Tano Curreri rimuginava mille pensieri nella sua testa, percorrendo a grandi falcate il corridoio dell'ospedale. L'aggressione di piazza Mattei c'entrava con la morte della donna e la sparizione della bambina.

Micci lo seguiva arrancando come poteva e sentendosi in colpa come al solito. Aveva sbagliato qualcosa, non sapeva cosa ma l'aveva sbagliata.

Le porte delle corsie erano quasi tutte spalancate, aperte senza un'ipotesi di privacy nei vecchi cardini arrugginiti, su un campionario di umanità dolente, frammista a visitatori stanchi e personale sciamannato.

Il cellulare del commissario squillò. Perché aveva messo la marcia dell'Aida come suoneria? Un infermiere si affacciò da una delle porte laterali e lo guardò con riprovazione. «Ao', ma che stamo al circo?!» disse.

Te ne sei accorto adesso, avrebbe voluto dire Curreri, di fronte alla divisa maculata di chiazze e alla barba sfatta del paramedico, ma si scusò con un gesto della mano e rispose al telefono. «Chi è?»

«Sono io, *caro*...» E ti pareva: chi poteva essere? Lucentis. Quell'uomo riusciva a materializzarsi, via voce o via corpo non importava, nei momenti meno adatti e con l'unico esito di irritarlo, con quel suo fare melenso e quel suo *caro* che restava lì appeso in aria in attesa del seguito della frase che non veniva mai, ma si intuiva benissimo, tipo: caro... idiota, caro.. deficiente, caro... cretino.

Tano si morse le labbra. Perché do tanta importanza a quello che *non* dice questo passacarte? E che forse nemmeno pensa. Il problema è mio che credo di essere al centro dei pensieri degli altri, come un bambino di tre anni. La realtà è che al mondo non mi si fila un'anima e io per darmi un senso mi infilo a spintoni e gomitate nel nulla.

«Ci sei?» chiese Lucentis.

«E certo che ci sono.»

«Allora ascolta, qui arrivano telefonate dall'alto. Stiamo pestando i piedi a qualcuno»

«Mi fa piacere.»

«Non fare lo spiritoso, *caro*. Lo sai che cosa vuol dire.»

«Guanti bianchi?»

«Esatto, *caro*. O anche piedi di piombo, vedi tu.»

Se Lucentis dice caro un'altra volta mi metto a urlare per tutto l'ospedale.

«Be' ti saluto Lucentis, ora ho da fare.»

«Stammi bene.»

Curreri riattaccò e spense il cellulare. «Così non rompe più.»

«Spengo anche io?» chiese Micci.

Curreri aveva il suo parafulmine personale e lo usò, aggredendo il sottoposto. «Micci, quand'è che ne dici una giusta? Come pensi che ci possano contattare i colleghi se lo spegni anche tu? Coi piccioni viaggiatori? Coi segnali di fumo? Coi tamburi?»

Il giovane agente, alla gragnola di domande, restò bloccato. «Non lo so» disse infine.

«Ecco appunto. Tu tienilo acceso.»

Arrivarono alla stanza piantonata dall'agente Montanari, che stava facendo il cruciverba.

«È questo il modo di sorvegliare un pericoloso criminale?!» abbaiò il commissario, che era arrabbiato con se stesso per aver strigliato il povero Micci innocente, e quindi non trovava di meglio che prendersela con qualcun altro.

Montanari schizzò in piedi e cominciò a balbettare qualcosa. Curreri lo piantò lì che si impappinava da solo ed entrò nella stanza.

Micci invece si soffermò col collega. «Sei bravo col cruciverba?»

Montanari si vergognava per la figuraccia di prima e diventò rosso. «Me la cavo... più che altro è un passatempo, lo sai che a volte stiamo le ore e non succede niente.»

L'altro lo confortò. «Ma certo, anzi ascolta: oltre i giochi enigmistici ti intendi anche di codici, cifrari, cose così?»

Montanari fece un gesto con la testa come a sminuire le proprie competenze, ma quando parlò si capiva che era orgoglioso. «Sì. Ci sono portato.»

Micci allora prese dalla tasca il foglietto del tatuatore e glielo passò. «Pensi di poter decifrare questo codice? Potrebbe trattarsi del cifrario di Cesare.»

Montanari si illuminò e prese il foglietto. «Ci posso provare.»

«Allora io vado dentro col commissario, intanto tu lavoraci sopra.»

«Senz'altro» disse Montanari, riconoscente per quella prova di fiducia, e si mise subito al lavoro.

L'agente Micci sorrise tra sé e raggiunse il commissario.

L'uomo era steso sul letto, fasciato dalla testa ai piedi, la gamba appesa a un tirante.

Aveva un occhio nero e una guancia gonfia, escoriazioni su tutta la pelle visibile.

Li guardò con terrore, gli occhi spalancati e la bocca aperta ma muta.

« E così finalmente ci incontriamo » disse Curreri con un mezzo sorriso e l'aria da commissario cattivo che metteva su quando sapeva di aver agguantato la sua preda. « Eccolo qui, il famigerato criminale internazionale. »

L'uomo cominciò a fare no no con la testa, sgranando gli occhi ancora di più.

« Adesso ci dici tutto quello che hai combinato. Oltre il sequestro della Bionda, ci dici anche perché cerchi la bambina, e soprattutto chi è, la piccola. »

Spostò dalla parete la sedia di plastica verde chiaro e la sistemò accanto al letto, quindi si sedette, a braccia conserte. « Possiamo stare qui anche tutta la vita, caro signor Karfarian, o come caspita ti chiami. »

L'uomo emise un lamento canino, una specie di guaito.

Curreri infierì. « Stupito che ci siamo arrivati, eh? E certo, voi venite qui a fare il bello e il cattivo tempo, pensate che noi siamo dei broccoli lessi e voi siete furbi, vero? Eh no, caro! »

Oddio, ho detto caro come Lucentis, sto diventando come lui.

Il ricoverato intanto cercava di farfugliare qualcosa.

« Bene, ti decidi a confessare. Buona idea. »

L'altro continuava a balbettare.

« Non ho capito niente, che hai detto? » chiese Curreri, chinandosi su di lui.

L'uomo, in una specie di rantolo estremo, riuscì a biascicare: « Io non c'entro ».

Il commissario si guardò intorno soddisfatto, annuendo e ammiccando a un pubblico invisibile. « Oh, ma certo. Tu non c'entri. Non c'entra mai nessuno. Micci per favore, adesso vai fuori e chiudi la porta » sibilò Curreri.

Il commissario attese qualche istante e poi si chinò sul letto del paziente fino quasi a sfiorare il naso dell'uomo. «Adesso siamo solo noi due.»

L'altro boccheggiò un paio di volte, facendo no col dito ingessato.

«Sì, invece. E stavolta non scappi. Mi devi dire tutto, *Karfarian*» disse Curreri, e si riaccomodò sulla sedia a braccia conserte, in attesa della confessione.

L'uomo prese fiato, e quindi esalò: «Io so' la vittima. So' Orazietto».

Curreri uscì dalla stanza sbattendo la porta e si avviò sbraitando per il corridoio dell'ospedale. Se la prendeva con quelli che fanno le barzellette sui carabinieri e perché mai no sui poliziotti, che sono capaci di rendersi molto più ridicoli dei colleghi della Fiamma?

L'agente Micci lo lasciò sfogare, restando indietro con Montanari.

«Come va col codice?» gli chiese.

«Mi pare di essere sulla strada giusta. Anzi sono quasi certo, solo che il risultato è alquanto criptico.»

Micci lo guardò soddisfatto. «Sei forte. Allora fammi vedere.»

Il collega mostrò il foglio. «Ecco vedi? L'originale è: D.ERFXKO GRAD. Basta spostare di tre posti indietro le lettere che formano le due parole e diventa: A. BNCSGL DOTA.»

Micci era perplesso. «Ma non vuol dire niente.»

«Sì che vuol dire. Bisogna solo capire il criterio usato da chi l'ha ideato. Per esempio si capisce abbastanza chiaramente che 'BNCSGL' nasconde una parola a cui sono state tolte le vocali.»

«E... DOTA? Che vuol dire?»

Montanari si grattò la testa, imbarazzato. «Collega, su due piedi non lo so.»

50

« Scacco matto! »

Il vecchio Dimitri guardava il Re Nero del professore, sotto scacco del suo cavallo bianco, con soddisfazione ma senza infierire a buttarlo giù, come avrebbe potuto fare se non fosse stato quel gentiluomo di antico stampo zarista che era.

Il professore c'era rimasto male. Con gli occhi fissi sulla scacchiera non si capacitava dell'esito della partita e cercava di ripercorrere le ultime mosse per capire quale fosse stata quella sbagliata.

« Eppure avevo fatto l'apertura Zuckertort... » mormorò fra sé.

« Cos'è un'apertura di fronte a uno sviluppo geniale? »

« Ma da ragazzo ero campione juniores. »

Dimitri alzò le spalle con nonchalance. « E io da ragazzo ero conte, figuriamoci. Il conte Vronskij. »

« Qui c'è qualcuno che imbroglia » insorse Picchio, che se ne stava acciambellato su una sedia poco distante. Era diventato acido ultimamente e aveva sempre da ridire su tutto e su tutti.

« Silenzio! » intimò il professore.

Dimitri si risentì. « Tu contro aristocratici? »

« No, scusa Dimitri, non ce l'avevo con te. »

« Voi molto strani sai? Tu, cane nano e bambina nana. Molto strani... »

La bambina, che stava giocando con le matite colorate, alzò la testa dal tavolino basso dove sedeva per disegnare, e fissò severamente il vecchio Dimitri.

Arricciò il naso, quindi disse «Fa-f-f..ngulo» all'indirizzo del barbone, poi si rimise a disegnare.

«Bambina dice parolacce, non va bene. Molto molto strani, voi» insisté Dimitri.

Il chihuahua alzò la testa e drizzò le orecchie. Il professore lo anticipò. «Nessuno ha chiesto la tua opinione.» Il cane riabbassò la cresta.

«Io venuto occidente per libertà di espressione. Mia opinione importante come la tua, è scritto in Dichiarazione universale diritti di uomo» disse Dimitri, offeso.

«Scusa Dimitri, è stato un banale qui pro quo» si giustificò il professore.

«Qui pro quo lo dici all'amico tuo, e gli riferisci pure che se siamo strani noi, lui in quanto a stranezza fa invidia a un cercopiteco svizzero» sparò a mitraglia Picchio.

Il professore mise su un sorriso angelico all'indirizzo di Dimitri, sperando così di camuffare l'imbarazzo. Sapeva che il cane lo sentiva solo lui, e ogni tanto la bambina, ma tutte le volte che Picchio ne sparava una delle sue, temeva che la sua esclusiva dell'audio canino potesse essere svanita. Temeva il giorno in cui anche tutti gli altri avrebbero sentito gli sfondoni che diceva il chihuahua, con immenso disdoro per entrambi.

«Vuoi rivincita?» chiese Dimitri, conciliante.

«No, grazie.» Il professore ne aveva abbastanza di perdere, così cominciò a mettere via i pezzi nella scatola e a ripiegare la scacchiera.

Dimitri si alzò. «Io preparo tè per tutti noi. Alla russa, così beviamo insieme mentre io ti dico poesie di grande poeta Esenin. Lui sposato cinque volte. Molto romantico.»

Il professore non rispose, ma sapeva che l'altro aveva preso il suo silenzio per un sì. Cominciava a gradire l'atmosfera della comunità e la compagnia del vecchio Dimitri, anche se lo stracciava a scacchi.

In quel momento si sentì uno sbattere di porte e un vociare concitato provenire dal refettorio.

«Che cos'è?» disse il professore.

«Quei matti dei barboni litigano, ecco che cos'è» disse Picchio. «Vorrei sapere quando ci decidiamo a tornare a casa nostra!»

Il professore lo ignorò, anche perché il trambusto aumentava. E si avvicinava.

«Barboni matti litigano» disse Dimitri.

«Lo vedi? Che sono matti lo dice pure questo russo» ammise malvolentieri Picchio. «Anche se, dicendolo lui, la cosa perde automaticamente di verosimiglianza» chiosò, venefico.

«Zitti tutti!» ordinò il professore.

Era chiaro che qualcuno stava venendo verso la saletta dove si trovavano, a passi pesanti e sbraitando contro qualcun altro che cercava di trattenerlo. «Fermo, lei chi è? Non può passare» stava dicendo la voce del barbone guardiano. A un tratto ci fu un colpo secco, e il tonfo di un corpo che cadeva a terra. Poi il silenzio.

«Sparano» disse Dimitri, che a parte muovere la bocca sembrava paralizzato.

Anche il professore era gelato dalla paura, ma riuscì a dire: «Nascondi la bambina».

In quel momento la porta si spalancò.

Un uomo grosso con la testa incerottata li fissava con un mezzo sorriso cattivo. E la pistola puntata.

«Dov'è la bambina?» sibilò.

51

Curreri e Micci erano tornati dalla signora Narelli e adesso se ne stavano tutti e tre seduti attorno al tavolo della cucina. Come l'altra volta, ma un po' più tristi, un po' più vinti. S'erano fatti scappare Karfarian, e Brandt stava muovendo tutti gli alti papaveri per mettere i bastoni tra le ruote all'indagine.

E quindi siamo di nuovo qui, pensò Curreri, a rompere le scatole a quei poveracci che non hanno santi in paradiso, nella speranza di trovare comunque un indizio, qualcosa che, una volta tanto, una volta su un milione, possa portare a una Giustizia vera.

La donna stavolta non aveva pensato a offrir loro niente, nemmeno un bicchiere d'acqua. Sedeva muta e si guardava le mani in cui stringeva un fazzoletto stropicciato.

«Signora, lei conosce l'avvocato Charles Brandt?» chiese il commissario.

«No.»

Ci risiamo, mente. Curreri sospirò, e poi riprese: «L'avvocato Brandt, per farla semplice, dava soldi a un'altra persona, un tale Karfarian, che a sua volta li girava a sua figlia. Mi sa dire perché?»

La donna non rispose, si era persa in un silenzio stanco.

Allora l'agente Micci si chinò leggermente verso di lei, in uno strano modo intimo e protettivo insieme, e sottovoce le chiese: «Signora, ha paura, vero?»

La donna si irrigidì un attimo e poi fece un impercettibile cenno di assenso con la testa, senza mai alzare lo sguardo.

Perché Micci è più sensibile di me? si domandò il commissario. Ha capito che cosa preoccupa la donna, oltre l'immenso dolore per la perdita della figlia, e l'ha quasi cullata con la voce, e lei si è abbandonata.

Vide il giovane agente appoggiare dolcemente una mano sul braccio della signora Narelli che, a quel contatto, cominciò a piangere silenziosamente.

Micci attese qualche istante, poi, con la stessa voce buona, le chiese: « Quegli uomini la minacciano? »

Curreri era esterrefatto dalla istintiva umanità di Micci, quel suo inglobare quasi in sé la povera donna addolorata. Ormai aveva preso in mano lui la situazione. Non si intromise.

La signora Narelli annuì.

« Perché? »

Lei cominciò a parlare, piano piano, affranta e con un filo di voce.

« Nandina era compagna di scuola di Anna Buonconsiglio. »

« Di chi? » chiese il commissario sporgendosi in avanti.

La donna si ritrasse istintivamente serrando la bocca. L'immagine del silenzio.

Il giovane agente guardò il commissario con severità.

Ho rovinato tutto. Tano maledisse la propria tetragonia irredimibile e cercò di sparire, tornando a essere una decorazione sullo sfondo della cucina. Appoggiò le spalle allo schienale della sedia, e prese a fissare con interesse i fiori disegnati sulla tovaglia di plastica.

Seguì qualche istante di silenzio. Poi una goccia d'acqua cadde sul marmo del lavandino.

L'agente Micci strinse lievemente il braccio della donna. Come a un segnale, la signora Narelli alzò lo sguardo triste sul poliziotto, in cerca di rassicurazione.

Il giovane si chinò verso di lei, incoraggiante, e parlò pianissimo. «Ci sono io, stia tranquilla».

È diventato un affare privato tra loro due, pensò Curreri risentito e stupefatto, nonché arrabbiato con se stesso. Come mi muovo faccio danni. Sono proprio un rozzo individuo, solo solissimo, nella vita come nel lavoro. Nessuno mi vuole e io non voglio nessuno. E così resto avulso dal contesto generale, non capisco questa grande confusione che tutti gli altri chiamano vita. Io vegeto nell'anticamera della stratosfera.

L'agente Micci gli lanciò in quel momento un'occhiata di avvertimento, che diceva più o meno: non aprire più quella bocca, per carità. Quindi il giovane riprese il discorso interrotto poco prima: «Dunque, dicevamo che Nandina era compagna di scuola di Anna Buonconsiglio...»

«Sì» confermò la donna, in un mormorio appena percepibile, «hanno fatto la prima liceo insieme, qui a Roma. Solo quell'anno, poi Anna è stata mandata in collegio in America, e poi in altri posti, non so. Ma erano diventate tanto amiche. Si capivano.»

«Certo...»

«Facevano tutto insieme, studiare, uscire, giocare. Si confidavano tutto.»

L'agente sorrise comprensivo.

Ma invece di sorridere come un ebete, brutto melenso e cicisbeo, le vuoi chiedere per favore che cosa c'entra la Buonconsiglio con la morte della figlia, si arrovellava intanto Curreri, mordendosi la lingua per non sbottare con una domanda delle sue, che già sapeva avrebbe ammutolito la Narelli.

La donna riprese a parlare con la sua voce bassa e monotona. «Anna non aveva più i genitori e spesso veniva qui, a studiare con Nandina, forse per trovare un po' di aria di famiglia. Era molto orgogliosa e non si lamentava mai, anche perché di cosa ti vuoi lamentare quando sei così ricca? Ma si capiva che si sentiva sola.»

E abbiamo fatto il ritrattino dell'ereditiera, borbottò Curreri dentro di sé, quand'è che quel cetriolo di Micci si decide a passare ai fatti?

«Nandina aveva conosciuto anche il tutore di Anna.»

«L'avvocato Brandt?»

La donna annuì.

«Che tipo era?»

Lei si passò una mano sulla fronte, prima di rispondere. «Gelido. Un uomo duro. Non parlava mai con le ragazze, passava come un'ombra e spariva. Nandina una volta mi disse che disapprovava la loro amicizia. Almeno così le sembrava, e non riusciva a capire perché, pensava fosse per la differenza di classe sociale. Ma poi Anna fu mandata all'estero e la cosa finì lì.»

«E non si sono più viste?» chiese l'agente Micci.

La donna esitò. «No, vite separate.»

Mente spudoratamente. Curreri si grattò la testa, guardò il lampadario e riuscì a non sbottare.

«La bambina è figlia di Nandina?» chiese in un sussurro l'agente Micci.

La donna chinò la testa e fece segno di no.

«E chi è?»

«La figlia di Anna.»

52

La sbarra d'accesso alla clinica si abbassò lentamente.

La berlina scura si immise nel viale, quindi curvò a destra e sparì dietro la fitta siepe che costeggiava la piazzola d'ingresso.

« Che cos'è questo posto? » chiese Smilzo, più a se stesso che a don Pietro.

Se ne stavano nascosti dietro un camioncino fermo in seconda fila coi portelloni aperti. Un ragazzo scaricava casse di bibite e un altro le trasportava al bar di fronte.

« Si chiama Alma Pax, è una clinica » disse il ragazzo sul pianale. Aveva sospeso il lavoro e li guardava paziente, a braccia conserte. « E noi dobbiamo scaricare, per cui o vi scansate o ci date una mano. »

Si tolsero da lì e legarono il motorino a un palo. Adesso c'era da capire che cosa bisognasse fare. « Vieni » disse don Pietro, e si avviò.

« Dove? »

« Dentro. Entriamo. »

Smilzo decise di seguire l'onda, tanto le alternative si equivalevano, erano tutte col punto interrogativo in fondo. Si accodò al prete.

Attraversarono la strada e alla guardiola d'ingresso trovarono un custode dallo sguardo truce. « Siamo qui per prendere informazioni per un ricovero» disse don Pietro. L'uomo li fissò sospettoso. Il prete gli stava sorridendo come se dovessero fidanzarsi da un momento all'altro. Non la beve, pensò Smilzo. Cominciò a guardarsi intorno in cerca di una via di fuga.

Il guardiano, che dall'espressione ricordava un rinoceronte arrabbiato, a un tratto sorrise e disse: «Avanti sempre dritto, nell'atrio del padiglione principale c'è la reception». L'ha bevuta, si disse Smilzo, incredulo.

Si avviarono su per il viale.

«Abbiamo un piano?» chiese Smilzo, sapendo già che la risposta era un no secco, tanto sottinteso quanto superfluo. E infatti la sua domanda cadde nel vuoto.

«Forse dovremmo ornanizzarne uno» propose, forte dei suoi ricordi da Financial Times e Private Equity dove tutto andava programmato al millesimo per mettere in tasca qualche miliardo.

«Taci e segui l'onda» disse don Pietro.

Lo vedi che ci avevo visto giusto. Devo solo seguire l'onda, il flusso, la corrente. Mai nuotare controcorrente, è una faticaccia e non porta da nessuna parte, si rassicurò, in una specie di mantra autogestito e silenzioso. E però il prete non si ricorda che è a *me* che hanno sparato, non a lui. Per quanto, con tutto quello che succede oggigiorno potrebbero averlo crivellato di colpi in qualche circostanza misteriosa e io non ne saprei niente. Magari è un sopravvissuto della notte di San Bartolomeo o di quella di San Valentino. Chi può dirlo? E soprattutto, non siamo forse tutti dei sopravvissuti? Non proprio tutti, la ragazza del supermercato è morta, alla fin fine.

Era rientrato da poco nel mondo di prima, quello precedente al suo tracollo finanziario e già si sentiva stanco. Rimpiangeva le sue scatolette di fagioli mangiate in santa pace sotto i ponti, e l'osservazione del fiume, lento, inarrestabile, trascinatore di brandelli di altre esistenze silenziose come la sua.

*

La clinica Alma Pax appariva maestosamente minimalista.

La reception, ricavata da un luminoso bovindo con vetrate piombate, era delimitata da una massiccia balaustra in porfido lucido, da cui si affacciava il mezzobusto di una bella ragazza in giacca blu e filo di perle.

«Prego?» la voce era gentile ma sbrigativa. Non siamo qui per perdere tempo, sembrava sottintendere.

«Il Signore sia con voi» disse don Pietro cordialmente, poi si appoggiò alla balaustra e si chinò verso la ragazza, come a confessarle un segreto. «Sono il cardinale Farìa e questo è il mio segretario padre Dantès. Siamo in incognito e per il ruolo che rivestiamo abbiamo bisogno della massima discrezione.»

La ragazza sembrò piuttosto impressionata. «Naturalmente» mormorò. «La nostra clinica fa della riservatezza la sua massima bandiera. In cosa posso esserle utile?»

Don Pietro si guardò furtivamente intorno come ad accertarsi che nessuno potesse udire le sue parole.

«Un mio illustre confratello, il cardinale di Valmont, che è nella rosa dei futuri papabili... mi ha capito?» La ragazza sbatté gli occhi e annuì con reverenza. «Bene, dicevo, il cardinale deve sottoporsi a un intervento chirurgico molto delicato. Ci hanno detto che la vostra struttura è all'avanguardia in molti settori della medicina.»

«Ma certamente. Posso farvi ricevere subito dal direttore sanitario, il dottor Mori, al quale spiegherete meglio le vostre esigenze e...»

Don Pietro la interruppe con un grazioso gesto della mano. «No no no. Per carità... nessuna ufficialità, ancora. Massima riservatezza, siamo nella fase preliminare di sopralluogo. Dato il peso specifico del cardinale, sono stato mandato in avanscoperta per accertarmi che la vostra clinica sia all'altezza della situazione, soprattutto dal punto di vista della segretezza. Mi sono spiegato?»

La ragazza disse precipitosamente: «Naturalmente. Stia tranquillo, eminenza...»

«Bene, allora siamo d'accordo, ora io e il segretario faremo un piccolo giro esplorativo per valutare meglio le vostre potenzialità ricettive, al fine di determinare con certezza quando, dove e come ricoverare l'illustre paziente.»

«Senz'altro» disse la ragazza, stupefatta ella stessa della propria arrendevolezza.

L'ha infinocchiata, pensò Smilzo, e l'ha anche ipnotizzata. Che cosa mai faceva quest'uomo, prima di fare il prete? Il prestigiatore, il mago, il politico?

Don Pietro chinò appena il capo in un fugace gesto di saluto nei confronti della ragazza. «Allora noi andiamo. Lei non ci ha visto, massima discrezione. Un giro brevissimo e fra dieci minuti siamo di ritorno. Con permesso.»

Si allontanarono a grandi passi verso una scala laterale dove si apriva anche la porta dell'ascensore. Nessuno li fermò.

53

Era quasi buio, adesso, ma a nessuno era venuto in mente di accendere la luce.

La signora Narelli parlava sempre più piano, come un moribondo che si confessa prima dell'estrema unzione.

«Poi un giorno Brandt chiama Nandina e dice che c'è questa bambina, e siccome è l'ultima disgrazia di questa famiglia maledetta, le affida la bimba perché la madre è incapace di intendere e di volere e l'ha avuta da un criminale, uno di passaggio, perché Anna è come sua madre, dice, quella ballerina che andava con tutti. Le chiede di tenerla finché Anna sta male e poi si vedrà. Un'opera buona, in fondo, ma non si deve sapere niente, altrimenti la vergogna, lo scandalo, tutto deve restare segreto.»

Curreri non riusciva a spiccicare una parola, mentre la storia si ricomponeva davanti ai suoi occhi.

«E che fa Nandina?» chiese gentilmente l'agente Micci.

«Mia figlia aveva sempre bisogno di soldi... così prende la bambina...» La donna si interruppe un istante. «Mi dispiace tanto...» riuscì a dire, poi prese convulsamente ad aspirare l'aria a piccole boccate che erano anche singhiozzi senza pianto.

«E poi?» la incalzò quietamente Micci.

La donna sembrava aver ricominciato a respirare normalmente. «Brandt la paga, attraverso quell'uomo, Karfarian. Sa, per il cibo, i vestitini, il dottore. Io le dico, ma figlia mia, questa bambina ha bisogno della sua mamma, e comunque questo è un sequestro di persona, non so, cercavo di farla ragionare. Ma poi, piano piano Nandina si affeziona, capisce che la bimba...» non riusciva a proseguire.

Ora è buio nella cucina della signora Narelli. Un grande buio, come nei cuori di chi dimentica.

«Cosa capisce?» chiese Micci.

«Mia figlia era biologa, una scienziata, ed era una brava figlia, solo un po'... confusa, sola, non so...» La donna tratteneva il pianto a stento. «Aveva capito che la bambina era in pericolo...»

«Perché?» chiede Curreri. «La piccola anzi è una garanzia per Brandt. Un'erede bambina. L'assicurazione di poter continuare ancora ad amministrare il gruppo. Almeno per altri quindici, sedici anni, fino alla sua maggiore età.»

La donna scuote il capo che resta chino come quello di un penitente.

«Lui ha già Anna per quello.»

«E allora?»

La donna cominciò a scuotere la testa, come un burattino.

54

« Hai mandato giù? »

Anna Buonconsiglio fece sì con la testa.

L'infermiera che sembrava il diavolo si chinò su di lei. « Sei sicura? Fai vedere. »

Anna aprì la bocca.

« Alza la lingua » disse l'infermiera.

Lei obbedì.

« Bene. Stavolta sei stata brava. » La donna sembrava soddisfatta. Restò a fissarla ancora un momento, solo un vago barlume di dubbio sul viso. « Cosa è successo, ti sei arresa all'evidenza? »

Anna chiuse la bocca e rimase in silenzio, voltando lo sguardo dall'altra parte.

L'infermiera sistemò i medicinali sul carrello e si voltò per andarsene. Poi, come ripensandoci, si sporse verso la paziente, con un sorriso cattivo. « Non ti servono a niente tutti i soldi che hai, eh? »

Anna non si mosse, rimase afflosciata sulla poltrona, come un pupazzo senza scheletro.

L'infermiera riprese a spingere il carrello e uscì.

Anna sentì la chiave girare nella serratura e il cigolio del carrello allontanarsi e sparire.

Aspettò ancora qualche istante, poi spinse via le pillole dallo spazio tra la guancia e la gengiva dove le aveva nascoste con la lingua. Erano amare e stavano cominciando a sciogliersi. Le sputò nella mano e restò a fissarle. Erano quattro, di colori e forme diverse. Il suo salvavita, le dicevano tutti. Tutti quelli che si affacciavano nei brevi istanti di lucidità sparsi nel buio della sua mente.

Non voglio più salvarmi la vita, voglio morire, aveva deciso in uno di quei momenti di lucidità. E così erano già tre giorni che riusciva a sfuggire al controllo dell'infermiera e a non ingoiare le medicine. Anche Mori, il dottore, non aveva capito niente.

E ora Anna sentiva che non stava morendo, come aveva sperato. Al contrario, stava meglio. Stava quasi bene. Quasi come si sentiva in un'altra vita, in un passato che non ricordava ancora con chiarezza ma che sapeva c'era stato, tanto tempo prima.

Si alzò dalla poltrona, un po' a fatica, e andò alla finestra. Il giardino fatato apparve davanti a lei. La palma e le altre piante, silenziose e lontane, erano lì ad aspettare il suo risveglio. Sporse la mano dalla grata e gettò via le pillole. E adesso?

Voglio andare via, pensò in un lampo, con una chiarezza che la spaventò. Voglio uscire da questa stanza, uscire da questo luogo, lasciarmi alle spalle il giardino. Non voglio più vedere questa gente che dice di salvarmi la vita. Voglio salvarmela da sola.

Si guardò intorno. La stanza era estranea, non c'era niente che l'aiutasse a concentrarsi su una via di fuga, a concepire un piano. Sapeva che non poteva semplicemente dire: « Sono stanca, voglio andare via ». Le avrebbero detto che era pazza, senza le medicine sarebbe morta, loro dovevano proteggerla. E l'avrebbero trattenuta, contro la sua volontà.

Andò alla porta e provò ad aprirla. Era chiusa dall'esterno, come aveva immaginato. Cercò di concentrarsi, di capire come fare per lacerare quel sudario di attenzioni maligne di cui era prigioniera e liberarsi, uscire all'aria aperta e volare via, lontano da lì. Doveva inventarsi qualcosa.

All'improvviso lanciò un urlo, poi un altro, e un altro.

Come si aspettava sentì correre nel corridoio. Voci concitate.

« Che succede? » chiese qualcuno.

« È quella pazza » rispose un altro.

Poi la chiave girò nella serratura e il diavolo aprì la porta.

55

L'ascensore salì all'ultimo piano.

Don Pietro e Smilzo avevano deciso di cominciare il loro giro da lì.

Le porte dell'ascensore si aprirono su un atrio dal biancore abbagliante.

«Sembra *Odissea nello spazio...*» mormorò Smilzo.

«Zitto!» sibilò don Pietro.

A destra dell'ascensore c'era una piccola postazione di accoglienza, costituita da un tavolo su cui stava un cartello che diceva INFORMAZIONI, e una sedia. La postazione era vuota. Sul tavolo c'era un monitor collegato al sistema di videosorveglianza. In quel momento era in onda la telecamera puntata sull'atrio dell'edificio. Sullo schermo videro la signorina dell'ingresso discutere con un uomo grosso, che portava un borsone.

Si guardarono intorno. L'ambiente era deserto e non c'erano indicazioni.

«Da che parte cominciamo?» chiese Smilzo, che non era per niente tranquillo come voleva sembrare.

«Da qui» rispose don Pietro, aggirando la postazione e avviandosi velocemente lungo il corridoio.

C'erano porte a destra e a sinistra, tutte chiuse, nessun segno o cartello esterno.

Smilzo vide il prete afferrare la maniglia della prima porta e aprirla di scatto. Perché quel prete era così irruento? Perché non rifletteva su niente? Forse sono io che devo pregare tutti i santi del paradiso per entrambi. Qui ci può capitare di tutto, è una clinica collegata a gente che spara, santa miseria.

La porta dava su un piccolo magazzino stipato di farmaci e altro materiale medico.

Smilzo tirò un sospiro di sollievo. Nessuno spara addosso a nessuno. Per ora.

Intanto il prete aveva afferrato due buste da un ripiano e gliene aveva tirata una.

Poi aveva scartato il contenuto della sua.

«Che cos'è?»

«Mettitelo» aveva risposto il prete. Quindi si era tolto il giaccone e si era infilato il camice che aveva trovato nella busta.

«Che stai facendo?» chiese Smilzo, imbambolato. «Mi mimetizzo» rispose don Pietro. E visto che l'altro restava immobile a guardarlo, aggiunse: «Sveglia, mettiti il tuo!»

«Ma guarda che mica sono idioti qui, le facce le vedono. Ci possiamo travestire quanto ti pare ma le facce le vedono. E non sono facce note, le nostre, da queste parti.»

«Tu mettitelo» tagliò corto il prete.

Smilzo indossò il camice bianco. Sembriamo due deficienti che giocano al dottore, pensò. Don Pietro prese anche uno stetoscopio e se lo gettò intorno al collo. Smilzo era disperato, ma che cos'ha in testa la gente?

Tornarono nel corridoio e proseguirono. La seconda porta dava su una medicheria. Lettino, tavolo, due sedie, e una borsetta da donna aperta e rovesciata per terra.

«O c'è stato un ladro, o qui sono scappati di corsa» disse don Pietro. E Smilzo cominciò a sentire quel formicolio allo stomaco che precedeva il panico.

56

Brandt era sdraiato sul lettino. La flebo gocciolava lentamente nel suo braccio.

Il dottor Mori si chinò a guardarlo. «Come si sente?»

«Male.»

«Tra poco starà meglio.»

Nella stanza c'era un odore pesante, di chiuso e di fiori morti.

«Per quanto?» chiese Brandt

«Per quanto cosa» chiese Mori.

«Per quanto resisterò?»

Mori scrollò le spalle. Poi si allontanò dal lettino e andò a sedersi dietro la scrivania. Incrociò le mani dietro la nuca, con un gesto leggero, quasi frivolo, fissando il soffitto. «Chi può dirlo?»

«Chi può dirlo?! Lei è un medico, cazzo! Chi altro può dirlo?» sbottò l'avvocato, sollevandosi a metà, per ricadere subito giù come un sacco vuoto, esausto.

Mori abbassò lo sguardo, annoiato, da troppo tempo era abituato a quel tono arrogante e disperato insieme, inutile. «Lo ha fatto il bonifico?» chiese, invece di rispondere.

«Sì. Metà. Il resto lo avrà dopo.»

«Dopo dopo dopo. Ma dopo cosa? Sono anni che ne parliamo. Prima era troppo presto. Ora è troppo tardi... Se lei...» Mori si interruppe, mordendosi le labbra e sciogliendo le mani da dietro la nuca per appoggiarle con stizza sul ripiano della scrivania.

Brandt emise un mezzo risolino amaro. «Avanti, lo dica. Se io?...»

«Ma no, che c'entra...»

«Se io crepo. Questo voleva dire, no? Se io crepo i soldi non arrivano. E siccome voglio essere io a darglieli in carne e ossa e non un notaio su lascito testamentario quando sarò morto, le consiglio di tenermi bene in vita, come d'accordo.»

Mori sbuffò. «Troppi rischi. La clinica è privata e va bene, e la proprietà è straniera, ma le leggi esistono e qui ne abbiamo...» si interruppe per trovare la parola giusta, «...*interpretate* parecchie. Rischio di essere radiato.»

Brandt emise di nuovo quel risolino strozzato. «Be' di fame non morirà certo.»

Mori si passò una mano sulla fronte. «La bambina è ancora troppo piccola.»

«Non c'è tempo, l'ha detto lei.»

«Ma il cuore non è maturo. L'operazione può fallire.»

«Che alternative ho?»

Mori scrollò le spalle e allargò le braccia. «Aspettare un trapianto regolare. Abbiamo fatto domanda, siamo in lista.»

«Siamo in lista da quattro anni! E poi che cos'è questo rigurgito di scrupoli?»

Mori si alzò in piedi e cominciò a sbracciarsi, camminando per la stanza. «Ma cosa crede, che il denaro compri davvero tutto? Che io non ricordi ogni giorno il giuramento di Ippocrate? Che io sia un mostro?»

Brandt lo guardò fisso, poi disse: «Sì, credo esattamente questo. E lo crede anche lei. Anzi, sa cosa le dico? Lei *lo sa*. Sa di essere un mostro».

57

Don Pietro stava per aprire un'altra porta quando in fondo al corridoio si materializzò un'infermiera.

«Che ca'...» biascicò Smilzo e restò paralizzato. È arrivato il redde rationem, pensò.

Il prete lo afferrò per un braccio, scuotendolo da quel torpore e lo costrinse ad avanzare al suo fianco come se niente fosse stato. «Caro collega che dici se ce ne andiamo a fare una pausa per un caffè?»

L'infermiera li fissava con due occhi sgranati e indagatori, mentre avanzava rigidamente verso di loro.

Ha capito tutto, pensava Smilzo confusamente, adesso ci spara, fa parte del complotto che tiene in mano tutto questo marchingegno satanico. Addio mondo crudele, addio ponte, addio vecchi ricordi, addio baby blue, addio Veronica, anche se sei stata una grande stronza ti sei riscattata alla fine, ma non è servito a niente, tra poco ci lascerò le penne.

Sentiva il braccio stritolato dalla morsa del prete. Questo prima di fare il prete era un pugile, oppure uno scaricatore di porto, si disse, chiedendosi allo stesso tempo quanto fosse scemo a farsi venire certe idee in un momento simile.

L'infermiera intanto si avvicinava sempre di più, senza mollarli mai con lo sguardo che li teneva agganciati come pesci all'amo.

È una bella donna, pensò Smilzo nel marasma turbinoso che gli sciacquettava in testa. Riuscì a considerare i begli occhi azzurri e le ciocche di capelli neri che le scappavano da sotto la cuffietta. È proprio bellissima, anzi, in un'altra vita sarebbe la principessa dei miei sogni. Ma se sto per perdere anche questa di vita, come faccio a pensare a un'altra?

In quel momento don Pietro gli dette una gomitata intercostale che lo risvegliò di colpo. «Allora per quel caffè che ne dici, collega?»

«Come no, anche due» disse Smilzo precipitosamente.

L'infermiera adesso era proprio davanti a loro.

«Salve, infermiera!» la salutò il prete, con calore esagerato.

La donna si fermò un istante, restando immobile, con un'espressione seria negli occhi. Li studiò con attenzione, scorrendo con lo sguardo sui volti, sulle mani, sui camici bianchi.

Quello che indosso è corto, capisce subito che non è mio questo camice del cacchio, che è tutta una finta, che siamo due impostori. Ecco adesso suona l'allarme, oppure il fischietto antirapina, oppure tira fuori direttamente la pistola, balbettò fra sé Smilzo.

Invece la donna staccò gli occhi dai due e riprese a camminare, fino a superarli.

Don Pietro e Smilzo rimasero a guardarsi, increduli per averla passata liscia.

Incapaci di trattenersi si voltarono entrambi a seguire con lo sguardo l'infermiera che spariva in fondo al corridoio.

E allora si accorsero che c'era qualcosa di strano in lei, di incongruo. Lì per lì non realizzarono subito cosa fosse. Poi capirono.

L'infermiera se ne andava in giro scalza.

In quel momento le porte dell'ascensore cominciarono ad aprirsi.

Presi dal panico, afferrarono la maniglia della porta più vicina e si nascosero dentro la stanza.

Rimasero immobili con le spalle alla parete e le orecchie tese ad ascoltare.

Ma dal corridoio non arrivava alcun rumore.

Se non muoio d'infarto oggi, non muoio più, pensò Smilzo, chiudendo gli occhi e tirando un sospiro di pura sopravvivenza.

La gomitata che gli arrivò sul fianco lo lasciò senza fiato. « Ma che ca'... » riuscì a biascicare, strabuzzando gli occhi.

Il prete gli diede un'altra gomitata indicando qualcosa davanti a loro.

C'erano due corpi a terra in mezzo alla stanza. Un tipo grande e grosso con la divisa della sicurezza e una donna sulla quarantina. I due giacevano scompostamente, l'uomo stava bocconi e la donna era su un fianco, mezza nuda ma con ai piedi le scarpe.

Accanto a loro, una pesante lampada da tavolo era rovesciata sul pavimento. Sulla base di bronzo si vedevano schizzi di sangue.

« Sono morti? » riuscì a dire Smilzo.

Don Pietro si chinò a sentire il polso ai due. « No, sono ancora vivi. »

« Che facciamo adesso? »

« Non lo so. »

« Lo so io, ce ne andiamo. »

« Ma li lasciamo così? Avranno bisogno di aiuto. »

« È una clinica questa, pullula di aiuti per la gente svenuta. »

Si guardarono intorno. La stanza, in penombra, era ampia ed elegante. C'era un letto sfatto e poche altre suppellettili. Le imposte dell'unica finestra erano aperte, e un leggero stormire di foglie proveniva dall'esterno.

Poteva sembrare la camera da letto di una famiglia borghese senza grilli per la testa, amante di un minimalismo sofisticato e quieto.

Ma la grata alla finestra è quella di una prigione, pensò Smilzo.

58

«Cosa?» chiese pazientemente l'agente Micci, il cui viso era ormai una maschera scura come quello della signora Narelli. Siamo immersi tutti nel buio di questa sera senza scampo, pensò Tano. Nel buio di questa notte senza luna.

«Lui, quel mostro, aveva... Anna non è malata. Anna sta bene. *Stava* bene. Prima di... prima che Brandt la rinchiudesse in quella clinica. Ma non per curarla, perché non c'era niente da curare, Anna è una ragazza sana... l'hanno rinchiusa per annientarla. Renderla un vegetale, e potere così prendersi tutto, controllare. Per sempre.»

«E la bambina?»

«La bambina...» la donna continuava a scuotere la testa, come se quello che doveva dire la tirasse di qua e di là e se ne volesse liberare. «... Brandt è malato, è condannato a morte, ha i giorni contati. Ha bisogno di un cuore nuovo. Ma è difficile trovare un donatore. E così...»

La donna si interruppe e Curreri pregò tra sé che l'agente Micci non facesse domande, che non chiedesse il resto della storia. Non voleva sentirla. E infatti lui non parlò. Attese.

E la donna riprese a parlare, col suo filo di voce «Brandt si è creato il suo donatore su misura. Istocompatibilità, si chiama. Ha usato Anna, il suo povero corpo inerte, per fare... per farsi... La bambina è sua figlia, creata apposta per dare un cuore nuovo a quell'essere...»

«Ma perché Nandina non è andata alla polizia?»

«Aveva provato... ma nessuno le aveva creduto. Col suo passato da sbandata e... tossicodipendente, non era riuscita a parlare con le persone giuste. Le avevano detto di lasciar perdere quelle fantasie... Che erano storie assurde che in un paese moderno sono impossibili anche solo da concepire.»

«Ma c'era la bambina. Lei era la prova.»

«Ma se avesse portato la bambina alla polizia o dal giudice, per prima cosa gliel'avrebbero tolta, per affidarla a chissà chi. E così aveva deciso di fare da sola. Diceva che nessuno poteva proteggere lei e la bambina da quel mostro. Nessuno. Come nessuno aveva potuto proteggere Anna. Con i soldi si compra tutto, e soprattutto il silenzio, l'indifferenza. L'esistenza della bambina doveva restare segreta... se un essere umano non esiste, per il mondo, nessuno lo cerca quando scompare.»

«E Nandina cosa voleva fare?»

«Voleva scappare, e mettere in salvo la piccola. Le aveva fatto tatuare addosso il nome della madre...»

«Ma certo...» esclamò Micci.

«Cosa certo?» chiese Curreri.

«Il codice del tatuatore...» spiegò il giovane agente: «A. sta per Anna, BNCSGL sta per Buonconsiglio, e DOTA è semplicemente la pronuncia fonetica di 'daughter', figlia...»

La signora Narelli annuì. «Così sua madre avrebbe potuto riconoscerla anche in capo al mondo. Anche tra mille anni. Anche se Nandina non ci fosse più stata. E Nandina non c'è più.»

59

« Cazzo! »

Don Pietro che diceva cazzo faceva impressione. Un prete che dice le parolacce è una cosa contro natura, riuscì a concepire Smilzo affannosamente mentre correva a scapicollo.

Stavano scappando come lepri per il corridoio della malefica clinica quando lo squillo del cellulare aveva spaccato l'aria.

Smilzo aveva cominciato a cercarlo come un pazzo, a tastoni nelle tasche del camice, nei pantaloni, nelle mutande, ma niente, il maledetto apparecchio non c'era.

« Fallo smettere, santa Cunegonda! Come si fa a essere così stupidi! » gli aveva sputato a mezza voce nell'orecchio don Pietro.

Non lo so come si fa a essere così stupidi, io ci sono nato. Mi viene spontaneo, sono un idiota che va con un altro idiota a cercare non si sa che cosa in un posto dove come minimo clonano Alien e non si ricorda di spegnere il cellulare e soprattutto, non sa più dove l'ha messo.

Don Pietro l'afferrò per il braccio e lo sbatté dentro la prima stanza che trovarono.

Era quella dove avevano trovato i camici. Infatti i loro giacconi erano ancora lì per terra. Intanto il telefono sbraitava sempre più forte, come una fanfara inarrestabile.

«È qui vicino» sibilò don Pietro, guardandosi intorno come una faina.

A un tratto Smilzo capì da dove veniva il suono. Si precipitò a prendere il suo giaccone. Il telefono era nella tasca interna. Lo prese e rispose, con un sorriso scemo di scuse per il prete che alzò gli occhi al cielo, esasperato.

«Pronto?» bisbigliò.

Dall'altra parte sentiva voci concitate, colpi, lamenti, sputi. Una voce tremolante bisbigliò qualcosa. «Non risponde...» riuscì a capire.

«Che c'è? Chi sei?» chiese Smilzo.

«L'hanno rapita! L'hanno presa, quell'energumeno l'ha portata via!» La voce del professore era affannosa, coperta a tratti da quella del vecchio Dimitri che si sentiva sputacchiare lì vicino mentre dava a modo suo dei suggerimenti per spiegare meglio quello che non si poteva spiegare.

«Cosa? Chi hanno preso?» A Smilzo sembrava di stare per morire soffocato e fritto sulla graticola come san Lorenzo, lì sul colpo, in quello sgabuzzino triste.

«La bambina!...» riuscì a gridare il professore. «Abbiamo cercato di metterci in mezzo, ma quello ci ha pestato, era un tipo grosso, cattivo... siamo finiti al pronto soccorso. Hanno chiamato la polizia...»

«La polizia...» Non riusciva più a dire una parola. Stava imbambolato col telefono all'orecchio senza capire più niente di quello che blateravano i due vecchi dall'altra parte della linea.

Don Pietro gli strappò il telefono di mano: «Che è successo?» abbaiò.

«Hanno preso la bambina! Uno grosso, l'ha rapita!»

Don Pietro si morse il dorso della mano. Il peggio è sempre dietro l'angolo, ti pare che te lo sei lasciato alle spalle, ma no, quello ha trovato la scorciatoia per aggirarti e farti un agguato alla prossima curva. Cercava di pensare pensare pensare.

A un tratto sgranò gli occhi e sussultò. «L'uomo col borsone!»

«Cosa?» chiese Smilzo, appeso a quel barlume di idea che leggeva negli occhi del prete.

«Quello che abbiamo visto prima nel monitor della sorveglianza... Giù all'ingresso... Era lui l'uomo grosso»

«Ma la bambina...»

«La bambina è qua, dentro la clinica. Ce l'ha portata lui.»

Smilzo finalmente mise a fuoco le parole del prete.

«La teneva nel borsone.»

60

Mentre Micci si incuneava fra le auto incastrate nel traffico, Curreri sporse il braccio dal finestrino e piazzò il lampeggiante sul tetto. La sirena aveva sempre l'effetto di creare spazio anche dove non ce n'era. Come per incanto, neanche fossero stati Mosè e i suoi seguaci, le lamiere si aprirono.

Si avventarono nel passaggio e cominciarono la loro corsa contro il tempo.

« Andiamo alla comunità? » chiese Micci.

« No. Ormai da lì la bambina l'hanno portata via. »

« E allora dove? » incalzò l'agente.

Il commissario era combattuto, incerto. Non poteva sbagliare, c'era già stato troppo dolore. « Alla clinica. La clinica amministrata da Brandt » disse. « Dobbiamo arrivare in tempo per... Santissimi tutti i protettori dei bambini, se esistono, adesso è l'ora di darsi da fare. Muoviti! »

Fissavano tutti e due la strada davanti a loro, come se con lo sguardo potessero fare più in fretta, mettersi a volare magari.

Ma il traffico era intenso, e malgrado la sirena e i lampeggianti e quell'istintivo farsi da parte degli altri automobilisti in realtà si avanzava lentamente, a fatica. E il semaforo era pure diventato rosso.

Curreri cominciò a dare pugni sul cruscotto.

«Muoviti Micci! È possibile che non riesci ad andare avanti! Muovi questo cassone di auto!» urlò al suo sottoposto.

«Io mi muovo, sono gli altri che stanno fermi» rispose l'agente, con voce ferma.

Curreri lo osservò. Il giovane era concentrato, calmo e determinato. È più in gamba di me, rifletté il commissario. Io invece mi faccio prendere dal panico, dalla rabbia, dall'impotenza.

«Chiami i rinforzi, *lei*, piuttosto» aggiunse Micci.

Il commissario obbedì. Chiamò la centrale e diede le disposizioni necessarie.

Quando Tano ebbe chiuso la chiamata, Micci disse: «Mi scusi».

«Di che?»

«Di averle detto di chiamare i rinforzi. So che non è compito mio...»

Il commissario sospirò. Il traffico li stava ingoiando, il semaforo era ridiventato verde ma stavano tutti fermi lo stesso, come in attesa di un intervento divino che spazzasse via l'ingorgo.

«Hai fatto bene, ero nel pallone. Ma adesso cerca di svicolare, per favore.»

«Certo capo, come no. Adesso metto il turbo e decollo.»

61

Smilzo e don Pietro avevano controllato l'intero ultimo piano, spalancato tutte le porte e cercato all'interno delle varie stanze, ma a quel livello non c'era nessuno. A parte quei due stesi a terra nella camera con la grata.

Si precipitarono giù per le scale. In testa solo un'idea: trovare la bambina.

Al piano di sotto c'era un corridoio gemello di quello del piano superiore. Si lanciarono a percorrerlo, rallentando solo quando incrociarono un paio di infermieri e un medico, che li salutarono con un cenno del capo. Sembravano andare anche loro molto di fretta.

Tutto il piano in cui si trovavano era adattato a laboratorio e analisi. Intravidero apparecchiature scientifiche all'interno dei vari ambienti che si aprivano sul corridoio e alcune persone chine sui macchinari, intente al lavoro.

« Che facciamo adesso? » sussurrò Smilzo.

Si trovavano in fondo, di fronte all'ascensore che risultava occupato. Anche qui c'era una zona di accoglienza con il monitor collegato al sistema di videosorveglianza.

Nessuno presidiava la postazione. Gettarono un'occhiata allo schermo e videro che qui le immagini mostravano zone diverse, a rotazione.

Era appena scomparsa l'inquadratura dell'ingresso principale, quando apparve quella di un'uscita di servizio che dava sul retro. Videro la porta aprirsi e una figura bianca sgusciare fuori dall'edificio.

«È l'infermiera scalza, quella di prima» osservò Smilzo.

Don Pietro lo prese per il braccio e lo trascinò via. «Scendiamo ancora, qua non c'è nulla» disse. Fecero un'altra rampa di scale e arrivarono al piano dei ricoveri. Ai lati del corridoio si aprivano le stanze dei pazienti. Molte erano vuote.

Incrociarono un paio di infermiere, alle quali sorrisero e che risposero al sorriso, un po' perplesse.

Un cartello indicava un disimpegno laterale dove si apriva una porta a due ante. Il cartello diceva CHIRURGIA. Entrarono, ritrovandosi in un breve corridoio. In fondo videro un'ampia porta a battente, ora chiusa. Sulla porta un cartello diceva SALA OPERATORIA.

«Là» disse don Pietro. Si lanciarono verso la porta e la aprirono. Si trovarono in una specie di anticamera, dove stazionava un lettino a rotelle. Una porta sulla destra aveva una targhetta di plastica illeggibile. Davanti a loro c'era la porta spalancata della sala operatoria. Vuota.

«Nemmeno qua» disse don Pietro, angosciato.

«Un momento» esclamò Smilzo.

«Che c'è?»

«È lui.»

A terra, seminascosto dal tavolo operatorio c'era l'uomo col borsone. Giaceva in una strana posizione da maratoneta colto nell'ultima corsa della sua vita. Gli occhi erano aperti e vuoti. Accanto alla sua testa, era rovesciata una bombola stretta e lunga.

«Ossigeno... o gas per l'anestesia. L'ha colpito con questa» mormorò don Pietro.

«Chi?»

«Non lo so, qualcuno che è arrivato prima di noi.»

«Ma dov'è la bambina?» chiese Smilzo, disperato.

Si guardarono intorno. Il borsone nero era dietro il carrello porta ferri. Aperto. E vuoto.

62

Alla clinica trovarono un'aria di morte.

E in effetti era proprio così.

La signorina della reception aveva accolto Curreri e Micci con un'espressione funerea e aveva comunicato loro che la Camera ardente era al piano seminterrato, se volevano rendere omaggio alla salma.

La salma?! Il commissario non riuscì a parlare, pensava solo che erano arrivati troppo tardi, che gente innocente era morta per causa sua, per la sua lentezza di comprendonio, per la sua incapacità a salvare delle anime indifese.

Per fortuna c'era Micci. Il giovane agente sorrise compunto alla signorina e chiese: «Quale salma?»

E così la signorina spiegò che oggi la clinica Alma Pax era in lutto per l'improvvisa e tragica morte dell'amministratore delegato e grande benefattore, avvocato Charles Brandt.

«Brandt è morto?!» Il commissario non si capacitava della notizia. «Ma l'abbiamo visto ieri... che gli è successo?»

La signorina li guardò con sospetto. «Siete parenti?»

«Siamo della polizia» rispose Micci col suo miglior sorriso.

«Allora mi spiace ma non posso dare informazioni.»

«Dove sta Anna Buonconsiglio? E la bambina?» incalzò Curreri.

«Scusate ma non so di cosa parlate. E in ogni caso non sono tenuta a dare informazioni di alcun genere in assenza di un preciso mandato.» La signorina aveva abbassato la saracinesca della disponibilità e stava a bocca serrata.

«Siamo della polizia e stiamo facendo un'indagine di omicidio!» sbottò Curreri.

La signorina non fece una piega. «Se volete accomodarvi in sala d'attesa, il dottor Mori, il nostro direttore sanitario, sarà subito da voi.»

Il commissario aveva fatto buon viso a cattivo gioco. Non disponevano di un mandato, e a dire la verità non c'erano nemmeno i presupposti di un reato ben definito, fino a quel momento.

Si erano seduti nella sala d'attesa, ad aspettare i rinforzi e soprattutto a rimuginare domande senza risposte.

Brandt aveva combinato di tutto, ma le prove dov'erano? La bambina poi, non esisteva in nessun registro anagrafico. Era una clandestina dell'esistenza, un'ombra in un video della sorveglianza di un supermercato. E Anna, l'erede, era una povera incapace, tutto da dimostrare che lo fosse per cause indotte o naturali.

Dopo pochi minuti si era presentato il direttore sanitario.

«Buongiorno, sono il dottor Mori.»

Aveva una voce grassa, unta. Curreri lo trovò subito repellente.

Mori continuò: «Avrete saputo della nostra grave perdita. L'amministratore delegato, l'avvocato Brandt, è venuto a mancare per un infarto improvviso. Vogliate scusare il momento di crisi della struttura.»

«Un infarto improvviso.»

«L'avvocato era in attesa di un trapianto, ma non si è fatto in tempo...»

«Dov'è la bambina?»

«Mi scusi?»

«Dov'è la bambina!»

«Non so di cosa stia parlando.»

«Lo sa benissimo invece.»

Il medico fece un gesto infastidito. «Mi spiace di non potervi essere utile. Se abbiamo finito vogliate scusarmi ma devo tornare al mio lavoro.»

Il commissario guardò fisso negli occhi il direttore sanitario. «Non abbiamo finito.»

«Che altro c'è?»

«Anna Buonconsiglio.»

Il medico scosse la testa. «Se non ha un mandato non posso rivelare informazioni sui pazienti.»

«Faccia violenza al suo alto senso etico e ce le riveli. Altrimenti rivoltiamo la clinica sottosopra.»

Mori sospirò. «La signora Buonconsiglio è ricoverata in forza di una misura cautelare di protezione. La signora soffre di varie e gravi sindromi psichiche e non è in condizioni di badare a se stessa.»

«Bene, vorremmo vederla.»

«Temo che non sarà possibile.»

«E perché?»

Il dottor Mori dette qualche segno di imbarazzo. Poi si decise a rispondere. «Allo stato attuale la signora è irreperibile, non riusciamo a trovarla. Temiamo che non si trovi più nella struttura.»

63

Correva, correva e correva. Un'ombra bianca nel buio della notte.

Era scalza e i piedi cominciavano a sanguinare, ma lei non li sentiva più.

Sentiva solo la sua bambina fra le braccia, appesa al collo, il profumo di quei capelli fini come fili di seta d'oro.

Anna consumava metri su metri di quelle strade buie senza provare stanchezza, dolore, paura.

Il cuore le batteva forte, a volte a tempo a volte in controtempo con quello minuscolo della sua bambina che batteva proprio contro il suo. Come aveva potuto sopravvivere senza di lei? Come aveva potuto perderne il ricordo?

A un tratto la bambina scostò il viso dal suo collo e si mise a fissarla negli occhi. La guardava aggrottando appena le sopracciglia, seria, studiandola con attenzione.

«Amore» sussurrò Anna, fermandosi sotto uno dei grandi alberi che costeggiavano il viale per guardarla a sua volta. «Quanto sei bella!»

La bambina fissava la madre senza sorpresa, mentre un piccolo sorriso si stava facendo strada sul visetto. Era tranquilla, come se la sua piccola vita si fosse sempre svolta lì, fra quelle braccia.

«Adesso dobbiamo scappare...» continuò a bisbigliare Anna, «ma da oggi staremo sempre insieme. Lo sai?»

La bambina fece qualche verso, pasticciando con la bocca e la saliva.

Anna la guardava, incantata. Col dito le asciugò il visetto. « Non sai parlare, amore? » le chiese.

La bambina annuì sgranando gli occhi.

Anna sorrise intenerita. « E cosa sai dire, piccolina? Lo vuoi dire alla mamma? »

La bambina annuì di nuovo, soddisfatta, e cominciò a farfugliare qualcosa di incomprensibile.

« Amore, è bellissimo, ma non ho capito niente » disse Anna. Le veniva da piangere dalla gioia, era felice come mai ricordava di essere stata.

La bambina continuava macinare farfugliamenti. « Amore prova a dirlo di nuovo che la mamma ti capisce. »

« Fa-ff-f.. »

« Che cosa? »

« Fa-ff-ngulo » spiccicò la piccola con un gran sorriso.

Anna scoppiò a ridere, e la bambina le andò dietro. Ridevano tutte e due come matte, naso contro naso, senza poterci fare niente.

A un tratto un'automobile di passaggio le illuminò coi fari, come una stella cadente, e fuggì via.

Anna riprese a correre, il camice da infermiera svolazzante, la bambina stretta al cuore.

Non sapeva dove stava andando, l'importante era andarci con lei.

La notte le avvolgeva, coprendo con le sue ombre le tracce del loro passaggio.

64

La telefonata era intercontinentale ma la voce arrivava limpida, sembrava che don Pietro fosse dietro l'angolo.

«Come stai?» chiese il prete.

«Bene» rispose Smilzo.

«I documenti che ti avevo rimediato hanno funzionato.»

«Come un orologio.»

Non si erano detti niente quando il prete gli aveva dato quel passaporto. Meno cose si sanno, meglio è.

«E quindi ti sei sistemato?»

«Più o meno. La bambina?»

«Tutto bene, sta con la madre. La polizia mi ha detto che sono insieme, ma non sanno dove, forse in Svizzera. Lei ha chiesto espressamente di essere lasciata in pace.»

«E la clinica?»

«Chiusa. Mori arrestato.»

«Quindi tutto bene» mormorò Smilzo. Ma tutto bene un corno, mi manca quella bambina, mi manca tanto.

«Sì, tutto bene» confermò don Pietro.

«E il professore?»

«Bene anche lui. Ti saluta, sta giocando a scacchi con Dimitri e il cane parlante.»

«Il cane parla?»

Don Pietro rise. «Così dice il professore.»

A Smilzo veniva da piangere. Gli mancavano tutti. Vorrei essere lì con voi, pensò. A mangiare qualche schifezza al refettorio e a sentirmi chiedere per la milionesima volta le stesse cose dal professore svanito. E soprattutto a sentirmi dire faffangulo dalla nana. E invece sto qui da solo come un cane marziano su Saturno. Voglio tornare a casa.

Don Pietro sembrò leggergli nel pensiero. «Per ora resta dove sei, è meglio. Non mi dire neanche dov'è che sei finito, così non devo raccontare bugie a chi mi chiede di te.»

«Chi è che ti chiede di me?»

«Gente che ha fretta di trovarti. Tipo Fisco e Finanza. Ogni tanto si presentano e fanno domande. Sono abbastanza arrabbiati perché i guai che hai combinato qualche anno fa, tra un po' cadranno in prescrizione, dicono.»

«Solo piccole cose amministrative, bazzecole.»

«Sì, certo, dicono tutti così.»

«Ora vado, ho finito le monete.»

«Ma come fai laggiù, da solo, senza soldi?»

«Mi arrangerò. Almeno quello lo so fare.»

«Vuoi che ti mando qualcosa? Per i primi tempi, un aiuto...»

«Grazie, ma no. Allora stammi bene e salutami il professore. E...»

«Sì?»

«E aspettatemi, prima o poi ritorno.»

Il prete rise.

«Ciao Smilzo, riguardati.»

Sentì il clic e poi il segnale della linea vuota. Vuota come la sua vita.

Rimase qualche istante ad ascoltare quell'eco lontana, poi riagganciò e uscì dalla cabina.

Il grande terminal dell'aeroporto Wade era pieno di turisti. Qui a Bermuda solo turisti, pensò. E uno spaventapasseri, io. Ma ora bisognava organizzarsi.

Si mescolò tra la folla.

65

La temperatura era gelida, l'aria condizionata stava andando al massimo.

All'esterno della grande vetrata d'ingresso della banca c'era un leggero velo di condensa posato sulla superficie trasparente.

Fuori ci saranno 35 gradi, minimo, e umidità al 90 percento, pensò Smilzo, e così si forma la condensa, come su una bottiglia ghiacciata in ambiente caldo. Ma perché penso solo cretinate? Perché nella vita non riesco mai a prendere esempio da quello che combino io stesso, cose dell'altro mondo, per non combinarlo mai più, a cominciare dai pensieri oziosi? Non lo so, non lo so e non lo so, rimuginò, seduto sulla poltroncina dietro il piccolo séparé che lo proteggeva dagli sguardi dei clienti che si trovavano nell'atrio centrale.

Un ticchettio di passi lo distolse dalle sue elucubrazioni, annunciando l'arrivo della direttrice.

«Good morning, Mr Slim» disse la giovane donna, entrando, con un sorriso, «... it's been a long long time.»

«Indeed» disse lui, alzandosi e facendo un lieve inchino. Riesco ancora a ricordarmi un po' d'inglese, pensò soddisfatto, e anche un po' di educazione, oltre al numero del conto cifrato.

Lei non fece cenno di aver notato il suo aspetto trascurato, gli abiti sformati o le vecchie scarpe sfondate. Con un altro sorriso smagliante gli sussurrò: «Welcome back to the Hamilton Community Bank». Poi gli fece cenno di sedersi e sedette anche lei, aprendo il piccolo dossier che aveva portato.

Lo sfogliarono insieme rapidamente. C'era tutto. Tutto quello che ci aveva lasciato prima del tracollo. E di più naturalmente, non si dimenticano trenta milioni su un conto per anni e anni senza pensare che succeda qualcosa. E infatti era successa, ora di milioni ce n'erano trentacinque.

Smilzo si sentì un po' imbarazzato, non era più abituato a essere tanto ricco. E nemmeno poco ricco. Nel cuore si sentiva sempre il pezzente barbone di Ponte Sant'Angelo. Ma purtroppo per il momento non poteva permettersi di tornare a quella esistenza semplice e contemplativa che, fatto un rapido calcolo, poteva considerare la più serena della sua vita.

Adesso era un latitante ricco, mentre prima era un latitante nullatenente.

In pochi minuti preparò il bonifico. Un milione per il dormitorio nuovo della comunità di don Pietro.

Che ci faccio con gli altri trentaquattro, si chiese. Decise di tenerli per sé, per ora, e pensò che in fondo nessuno avrebbe avuto da ridire.

«Well Mr Slim, what else can I do for you?» chiese la donna, richiudendo il dossier con tutti i documenti.

«Well, I'd better get some cash» rispose lui.

Quando uscì all'esterno, con diecimila dollari in tasca e due carte di credito, una oro e l'altra platino, fu investito da un'ondata di caldo afoso impastato di umidità e salsedine, comunque piacevole dopo il gelo della banca.

A pochi metri, in fondo alla strada costeggiata da casette di favola color pastello, si intravedevano gli alberi dondolanti delle barche a vela ancorate in rada. Pennoni imbandierati e qualche gran pavese al vento. L'acqua luccicava al sole e l'odore del mare arrivava a tratti, con le sue leggere folate di brezza. Il triangolo delle Bermuda. Il paradiso terrestre in terra. Quelli che avevano messo in giro la voce della maledizione erano quelli che si volevano godere il posto tutto da soli, senza scocciature.

Aveva fame. Per un attimo pensò di entrare in un ristorante e ordinare tutto quello che avevano in cucina, ma gli sguardi sospettosi dei passanti lo dissuasero. Si specchiò in una vetrina, e vide uno spaventapasseri lacero e irsuto che lo guardava spaventato. Aveva bisogno di un vestito, e anche di una doccia, subito.

Però, prima di trovarsi un albergo, decise di mangiare qualcosa al volo, un panino, una merendina, tanto per riempire lo stomaco fino alla luculliana cena che aveva in programma per la serata.

Entrò in un minimarket. Gli sembrò di essere a casa, a Roma. Ripensò al piccolo supermercato di quartiere dove era cominciato tutto. Scosse la testa divertito e prese una confezione di patatine e uno yogurt, le vecchie abitudini non muoiono mai.

In quel momento sentì uno strano trambusto. Si voltò incuriosito.

Sulla soglia c'era un uomo con la pistola puntata sulla cassiera.
« Everybody be cool » gracchiò il tizio, « ... this is a robbery! »

Oh no, pensò Smilzo.

Grazie a

Pat, Yuri, Ludovica, Ninni, Emanuela, Ugo, Vittorio, Italo, Cecilia, Pasquale, Francesca, Paolo, Luigi, Andrea, Luisa, Franco, Marta, Alberto, Fabio, Giulia, Giovanni, Gigino, Barbara, Cristina, Giuseppe, Tiziana, Ago, Marilù e Alfredo.

Fotocomposizione:
Nuovo Gruppo Grafico S.r.l. - Milano

Finito di stampare
nel mese di settembre 2014
dal Nuovo Istituto Italiano d'Arti Grafiche – Bergamo
Printed in Italy